KB055904

인왕

김선미
시집 『마가린 공장으로 가요, 우리』 『인왕』을 썼다.

파란시선 0118 인왕

1판 1쇄 펴낸날 2023년 1월 3일
지은이 김선미
디자인 최선영
인쇄인 (주)두경 정지오
펴낸이 채상우
펴낸곳 (주)함께하는출판그룹파란
등록번호 제2015-000068호
등록일자 2015년 9월 15일
주소 (10387) 경기도 고양시 일산서구 중앙로 1455 대우시티프라자 B1 202-1호
전화 031-919-4288
팩스 031-919-4287
모바일팩스 0504-441-3439
이메일 bookparan2015@hanmail.net

ISBN 979-11-91897-44-9 03810

값 12,000원

인왕

김선미 시집

시인의 말

한 손을 들고 하늘을 본다 손은 달걀 하나를 쥔 것처럼 가볍게 이것은 어제 했던 동작이다 다음은 왼팔을 강하게 옆으로 쫙 펴고 손가락 끝에 힘을 준다 시선은 손가락 끝으로 이것은 한 달 전에 했던 동작이다 거울을 뚫어지듯 강렬하게 이것은 언제인지 모르겠다 아기 때의 버릇인지도 오늘은 어제 했던 동작과 한 달 전에 했던 동작과 아주 오래전에 했던 동작을 모아 처음 추는 춤을 춘다 이상한 춤을, 아침을 먹거나 거르는 방식으로 책 사이에 연필을 꽂아 어제 위에 올려놓는 방식으로 새로 산 옷을 입어 보는 방식으로 파스타를 포크에 돌돌 말아 먹는 방식으로 어쩌면 나는 이상하지 않은 춤을 추고 있는지도 모른다

차례

제1부

어제 산 블라우스

어제 산 블라우스를 입고 블라우스를 산 그 집 앞을 지나기는 매우 난처한 일이야
내가 홀딱 벗겨지는 것 같아 내 영혼이 걸려 있는 것 같아

블라우스를 보며 처음 먹은 마음과 커지는 마음과 잡아먹히는 마음

무슨 마음인지 알겠어?

쉽게 얻는 건 버리기도 쉽지 아니 이 말이 아니지
한 번이 어렵지 두 번은 어렵지 않아 이런 말도 아닌데 살인자처럼 굴 일은 아니잖아

블라우스는 부드럽고 피부에 닿아도 닿은 듯하지 않아 만지면 기분이 좋아 이것도 아니야

블라우스의 문제가 아니야
나는 무슨 말을 하고 싶은 건가 사랑? 지혜나 자비 자유 설마 그런 거

청계천에서?
청계천에서

똑같은 옷이 옆집에도 그 옆집에도 또 그 그 그 옆집에도 앞집의 옆집에도 걸려 있을 텐데

영혼이 다다다다다닫 걸려 있을 텐데

오늘 중고 거래 플랫폼에서 성직자의 뼛조각을 천만 원에 판매한다는 기사가 떴다더니

색은 그래서 색 옆에 있고

두 개는 곪았고 곪은 것 옆에 곪지 않은 수박을
쪼갰어 쪼개는 아이는 쪼개는 아이와 쪼개지 않는 아이 옆에서
노란색이야

수박을 심었지 멜론수박이라고 그래도 빨간 속이 보일 줄 알았나 봐
장마도 오고 했으니
달지 않을 거라 생각했나 봐 언니 이리 와 보세요 레인부츠 하나 신어요

발이 작아서요 맞는 게 맞는 게
여기 오빠들이 담배꽁초 버리고 침도 뱉고 막 그러잖아요 나는 갑자기 언니가 됐고
오빠들이 피는 담배꽁초 물에 발을 담근 아이다
맞지 않는 레인부츠를 신고

첨벙거리는 오독, 청계천 가려고요 거기 뭐 있는데요
B동과 C동 사이에 있어 그 골목으로 들어오면 왼쪽에 선미장식이 있거든

맑은내다리에서

가까워 청계천의 순우리말이라는데 맑은내다리 아치형 구조 다리 나는
선미이고 이 동네에서 제일 싸가지 없는 사람이라고 누군가 얘기하고 갔어
언니도 아닌데 언니라는 말을 듣는 싸가지

달지 않을 거라 생각했는데 노랗잖아 씨가 없어서 그런가
여기 온 지 삼 년이 지나도 사람들은 내게 말을 걸지 않아 씨가 없어서 그런가
사람들은 저마다 씨를 뱉어 얼굴에 붙이고 다니는데

그래서 비슷한 사람들끼리 다니나 봐 수박씨를 붙이고 아이의 얼굴에도 엄마 아빠의 얼굴에도 비슷한 구조의 수박씨

골목은 다음 골목을 다음 골목은
그다음 골목을 거느리고 수족관과 새를 파는 골목과 신

발 파는 골목과 나란히 완구 골목이 있거든

하루는 새를 사고 하루는 물고기를 사고 하루는 장난감을 사고 매일 그렇게 살다 죽을 수도 있겠구나
수박 덩굴처럼 갈래갈래 노랗게 피어나는 골목

새를 파는 골목이었는데 하루는 문을 열지 않았어 그날은 사람들의 휴일이었는지
새들은 셔터 문 안에서 온갖 소리를 지르고 있었어 싸우고 있는 것 같았어
신들의 휴일에는 사람들이 저렇게 어둠 속에서 싸우고 있을까

청계천의 다리는 총 22개이고 좌우에 종로와 을지로를 거느리고 있지
어디까지 다리를 뻗는 거야 다리 좀 치워 줄래
수박은 두드려 보고 경쾌한 소리가 들리면 따면 되는데 잠을 자도 잔 것 같지 않은데

누가 나 좀 두드려 볼래?

자유

비가 많이 오면 청계천에 가고 싶어 넘쳐 찰방거리고 있을, 물이 보고 싶어

금방 차고 금방 빠져

서둘러 갈수록 물은 빨리 빠지고 낯을 바꾼 흙탕물만 흐르지

잉어들이 산란하고 뒤통수에 뿔 달린 새가 긴 다리로 서 있는 그곳

물이 넘칠 때 새끼들을 데리고 다 어디로 갔다가 오는지

비가 오지 않으면 청계천에 가고 싶어

우크라이나를 계속 공격 중인 러시아

—2022년 7월 18일

딱딱한 복숭아 여섯 개 한 팩과 열두어 개 든 자두 한 팩을 산다 우리은행 앞에서 횡단보도를 건너 청계천으로 간다 보이면 자꾸 먹는 내가 할 짓은 아니지만 나는 딱딱한 복숭아도 좋아하고 새콤달콤한 자두도 좋아한다 올해는 비가 많이 오지 않고 햇빛이 좋아 과일이 맛있다 청계천을 갈 때는 조심해야 할 것들이 자꾸 생긴다 날씨가 좋아서 문제다

향후항공우주개발중점방향

건물이 조금의 거리를 두고 건너편에 서 있는 건 건물 안으로 들어가기 위해서입니다

지구 밖으로 튕겨 나가 지구를 비춰 줄 것입니다

서로 악수를 하는 장면이 되풀이되는 걸 보면 잘됐다는 신호일 것입니다

향후우주개발중점방향의 자막을 지나

유유히 헤엄쳐 떠나가는

어떤 아주머니가 내게 준 커다란 물고기 산 깊은 청정 지역에 사는 귀한

거북선 모양의 커다란 악어 같은 것이 달려듭니다

그 입에서 빠져나간 물고기

하늘을 날다가 개천으로 내려갔다

환경보호 운동하는 사람이 쳐다보고 있어서 내어주었습니다

지워진 아이는 물고기였습니다

안에 있다가 밖에 있다가 지워지기도 하는데

조금의 거리를 두고 건너편으로 갔습니다 어디든 들어가기 위해 튕겨 나갔습니다

핏기가 가시지 않은 고기

첫아이도 먹고 둘째 아이는 잘게 찢어서 먹고

소고기를 먹습니다
울었지만
깨어나 보니 아이가 옆에 있습니다

색은 그래서 색 옆에 있고

구두끈과 운동화 끈이 못에 목매단 듯 일렬로 걸려 있다 그 아래 거래처 장부와 전화기 세 대 팩시밀리 프린터 티비용 컴퓨터(오래되어 화면의 색깔이 빠진)가 선반에 놓여 있다 두상들처럼, 시집 일흔세 권(죽거나 살아 있는 외국인이거나 내국인 흑인이거나 백인 황인 여자이거나 남자이거나 그렇지 않은 사람이거나)과 시 잡지 일곱 권과 은색 가시메 십만 개쯤과 2호 하도매 이만 개쯤과 흰색 구두끈 길이별로 이천 켤레(동그랗거나 납작한)쯤 필요하신 분 모두 오시오 그 아래 매니큐어와 리무버와 생리대 손톱깎이 네일 관리 세트 오른쪽으로 숫자 세는 저울 그 아래 또 색색의 구두끈 옆에 하도메 가시메 옆에 네스프레소 캡슐기 레트로 엘피판 흘러나오는 바이올린의 찢어지는 실내 파란 회전의자(쿠션이 다 빠진) 두 개 엉덩이가 튀어나온 의자 뼈대에 찔리는 작은 책상 위의 또 『살아 있는 시들』 1, 2와 그 밖의 시집 또 세 권 시 잡지 또 한 권 연필통 두 개 냉장고 작은 거 하나 냉장고 위 커피포트 하나 손 소독제 세 개 그 위의 월중 행사 및 계획표 보드판 옆에 리본 장식 삼천 켤레 고무줄 사이즈와 색상별로 오백여 개 벨크로 하얀색 검정색 밤색 백이십 개 정도 아 그리고 다락방(한 번도 올라가 보지 못한) 철 사다리(높아

서 올라갈 수 없는) 자크 줄 자크 고리 검정색 베이지색
밤색 삼십 개 이만 개 냉온수기 벨트 장식 이만 켤레 연결
등 장식 이천 켤레 한쪽이 나간 형광등 하나와 멀쩡한 형
광등(천정에 붙은) 다섯 개 쇠장식 금색 은색 청동색 이
십 만개쯤 그리고 원형 탁자 위의 노트북 내 손가락 머그
컵 마우스 휴대폰 쓰고 있는 나의 시 「색은 그래서 색 옆
에 있고」 1, 2를 붙일까 말까 고민 중인 일자형 소파(앉을
때 엉덩이가 푹 들어가는 이발소에서 가져온) 뒤에 또 구
두끈 운동화 끈 이만 켤레쯤 오늘 들어온 것과 십 년 전 들
어온 것과 잘못 들어와 쌓여 있는 것과 내일 나갈 것과 모
레 십 년 후 고장 난 벽걸이 제습기처럼 버릴 것과 버리지
못할 것과 에어컨 한 대 못에 걸린 까만 비닐봉지 박스 테
이프 십 년 이상 된 철 선풍기(손잡이가 거꾸로 달린) 어
제 망할 뻔한 오늘 내 것인 듯 아닌 듯 처처에 쌓인 귀신들

Dom

구멍을 담는다 모든 신들이 거처하는 곳 또는 누군가의 무덤이기도 한 그곳에서 눈에 휴대폰에 가슴에

사람들은 천정에 구멍을 내고 하늘을 닮고 싶어 했지
그게 사랑하는 길이라 믿었네 별들이 반짝이는 걸 믿었네 봄여름가을겨울 믿었네

떠나왔던 곳으로 떠나갈 곳으로
구멍을 나르는 사람들
걷거나 뛰면서
높은 곳으로 어두운 곳으로도
깊은 잠 속으로
문장 속 행간으로도

믿음이 무덤으로 변해 가고 있다는 걸 버려진 무 밭에 와서야 알았다 한 뼘씩 웃자라 구멍 숭숭 바람 든

맨살들, 가려지지 않는
나는 길어지는 발목을 문지르며 오늘 저녁 식사에 식욕을 돋게 할 전채 요리는 꼭 챙겨야 할 것 같아

양말을 정강이까지 끌어올리며 아스파라거스와 토마토를 푸르게 붉게 데친다

묶음, 묶음

집들이 반쯤 파헤쳐져 기자촌도
기지촌도 아닌 마을

부스러기들 틈에서 반쯤 파헤쳐져 있을 사람들을 찾는다

사광으로 빛이 들어오는 곳에서 먼지가 흐르는 모습을 보며 포즈를 취해 본다 요즘
dum(b) dum(b) 댄스가 유행이라던데 손가락이 얼굴을 기어 올라가는

이쁘더라 bom(b) bom(b)
폭탄이 떨어지는 걸 영화 속 장면으로나 봤을 눈이 푸른 아이 휘파람 휘휘 불며 눈을 찡긋
넘어가지 않을 도리가 없지
파헤쳐진 장면을 보면 왜 천국이 떠오르는지
한 번도 들은 적 없는 괄호 속의 소리들

파란 사과를 먹으면
입이 파래질
사과를 먹으며 나는 아기집을 묶었다 그리고 아기가 될

뻔한 많은 것들이 내 안에서
흘러내렸다 유미 지은이 쥐눈이콩 토성 후투티 바오밥 자유 에티카 같은

이름이 빼곡하게 박혀 있는 납작한 돌이나 신문을 보면
흘러내린 나의 나라들이 생각나

획을 하나씩 넣어도 빼먹어도 아무 이상 없어 보이는 평화로운 나의 나라
기자도 기지도 군대도 없는

화창한 겨울날에

패딩점퍼에서 오리털이 찔끔 삐져나온다
나는 박 선생과 이 선생이 볼까 봐 그 이물이 나오지 못하게 다시 밀어 넣는다
강 선생이 파란 사각 테이블로 가져온 빵을 손끝으로 뜯어 먹는다
우리는 모두 선생이라 부르기로 했다

파스테르나크는 푸시킨의 사망일에 태어났습니다 톨스토이 『부활』 삽화 화가와 피아니스트 사이에
나는 12.12 군사 반란일에 무일푼의 부모 밑에 태어났다
찔끔 삐져나올 때 누군가 볼까 봐 다시 나오지 못하게 집어넣으려 했을지도 모른다
나는 주먹을 쥐고 힘차게 울었을 것이다

어려운 사람과 어려운 습성과 어려운 세월이 계속될수록

다시 삐져나오는 오리털
구름 한 점 찾기 힘든 맑고 화창한 겨울날엔 어딘가로 난입하기에 좋다

태어나기에도 죽기에도
우루루 몰려가고 몰려오며 세를 불리기에도

선생들은 모두 웃고 있다 나도 따라 웃느라
내 손에서 떨어진 빵가루가 옷에도 묻고 바닥에도 떨어지고 입가에도 묻는다

토마토

저지르는 일을 한다 던지기에 좋아서 맞으면 붉게 물들어서

왼쪽에 앉아서 좌파 높은 곳에 있어서 산악당이라고 했다니
영원빌라에 사는 나는 영원히 살겠다

주문한 쌀을 이틀 동안 잊었던 쌀집 아저씨는 미안하다며 초란 한 판을 가져왔다 껍질도 얇고 크기도 작은 알들, 털도 묻어 있고 피도 묻어 있다

미안한 마음은 뭐든 묻어 있어 뒤끝을 남긴다 그래서 나는 미안해하지 않기로 했다

나의 오른쪽에 앉은 마스 밀리아노르 씨는 나에게 이탈리아 음식을 가르쳐 주었다 파스타 피자 말고는 기억이 나지 않는다 비행기 좌석에 꽉 끼어 있어서 목소리가 구겨져 나왔던 마아스

말이 다른 사람하고는 짧은 이야기를 길게 나누거나 긴

이야기를 짧게 나누게 된다 한번 물들면 잘 지워지지 않
는다

고고학

입안에서 뼈를 하나씩 뽑아내며 우리는 무슨 말인지도 모를 말들을 한다
뼈를 한데 모으며
다 먹은 쟁반을 하나씩 차곡차곡 쌓으며

쟁반은 쌓기에 적절한 모습으로 있구나
내용물을 버리기에 알맞은 모습으로 있구나

혀를 굴린다 혀끝으로 이 사이에 끼어 있는 내용물을 빼 먹으며 귀신을 핥으며

어디에든 귀신은 있고
귀신을 모아 둔 곳도 있는데

봉분 커다란 묘를 찾아간다 한때 왕의 아들이었던 그는 무엇의 내용물로 있는가
봉분에서 반사되는 햇빛을 받으며 바람을 받으며 나는 또 무슨 내용물로 섰는가

나란히 서서 사진 한번 찍을까 모여 볼까요 해를 바라

보세요
눈에 벌레가 생기도록 우리 모두 치이즈

크고 오래된 봉분일수록 길도 좋고 둥치 큰 나무들을 거느리고 있구나
돗자리를 어깨에 메고 다 같이 내려와

빈터 위에 생긴 몇 십 층의 건물을 쳐다보고 웃고 떠들다 보면 이곳은 지상인지 지하인지

다 웃은 얼굴을 하나씩 쌓으며 산같이 쌓으며

국수와 꽃밭

1

꽃밭에는 꽃들이

없다

국수 마는 비법 같은 건 있어도

꽃을 심으면 꽃밭 돌을 깔면 돌밭

나는 할머니가 남긴

돌이었다가 꽃이었다가 아무것도 아니었다가

무엇이든 되었다

2

엄마는 끓어 넘치는 걸 싫어해
더럽혀진다고

맛있는 음식을 할 수 있기는 틀렸지
퉁퉁 불어 터진 국수를 견딜 수 있게 된 건
부족한 걸 가치라고 믿는 거지
비법이라고

입을 궁색하게 만드는

3

말이란 이물질처럼 자꾸 튀어나오는 것

입속의 작은 살덩어리,

혀가 키운 나는

열 손가락을 마디마디 털며

엄마에게 국수 마는 비법을 배우러 간다

그러니까 꽃밭에는 꽃들이 있는 거나 마찬가지다

귤

사백 자 원고지 위에 구운 귤을 올려놓는다 칸이 칸을 물고 또 칸이 칸을 물고 그 칸 위에 귤이 놓여 있다 한 칸에 한 글자씩 나는 그게 안 돼 귤을 원고지 위에 굴린다 귤이 칸을 지나 다음 칸으로 다시 앞 칸으로 나는 칸이 많은 학교에 간다 성냥공장이었던 곳, 하얀 석고상들이 복도에 길게 늘어서 있다 팔다리가 없거나 머리가 없는 그 사이를 오후 내내 걸어다닌다 한 신체에 한 영혼 나는 그게 안 돼 그래서 안심한다 성냥공장에 다니던 사람들은 한 칸 한 칸 성냥을 채우며 또 불꽃이 불꽃을 물기를 기다렸을까 길고 아름다운 손가락을 키워 갔을까 칸칸이 창문에서 내다보던 학생들은 어느 순간 사라진다 까맣게 탄 껍질을 까니 귤에서 영혼 냄새가 난다 줄줄이 칸을 매달고 달리는 열차에서도 그랬다

제2부

인왕 1

인왕은 연옥 어디쯤인 것 같다
나는 그 밑자락에 살고 있어
비 오는 날은 어디선가 굿하는 소리가 들려오기도 해
살아 있는 사람들의 기도가 필요한

떠돌다 올라타게 되는 버스 같은 것
영혼 같은 것

보이지 않는다고 없는 건 아니다
어깨가 무거운 사람들아
네 위에 올라탄 영혼의
버스 요금을 대신 내주렴

불 켜진 전광판으로 몰려드는
살아 있는 것들 어쩌면 살아 있지 않은
환하게 웃고 있는 배우의 맨살에 앉은
하루살이들

눌러 죽이는 내 손가락을 내가 쳐다본다
도망가자

어디로든 가자 해 놓고
나는 십 년째 피 묻은
선풍기로
바위산에 꽂힌 깃발로
빨갛게

몸 파는 여자가 앉아 있던 동그란 플라스틱 의자 위의 빈 그릇 위로
구더기는 구더기를
어디로든 오르려 하고

나는 뭐든 팔아야 하니까
기도 대신

매일 새로운 문장을 하나씩 써 붙입니다
비 오는 곳
영혼 파는 곳
나는 개의 무덤
우리는 바이러스
한 자 한 자 또박또박 쓰다 보면

팔릴 것도 같습니다
향냄새가 나는 것도 같습니다

인왕 2

산양이 나타났대
어느 산맥을 타고 온 거지
사직터널 부근이면 우리 집 옆인데 옆은 옆을 낳고 산맥은 또 옆을 낳기 마련이지
위에서 미사일 쏘면 너희 집으로 갈지도 몰라 옆이니까
농담처럼 누가 그러면 덜컥 겁이 나기도 했어

호랑이가 나타날 수도 있겠네 산 아래 살면서 눈이 푸른 호랑이가 내려오기를 꿈꿔 왔으나
마주치면 반가워해야 해? 도망가야 해?
수십 개 총구멍이 있는 나무를 보며 죽 늘어서서
무엇을 기념해야 하는 사람처럼

한때 나는 기념주화나 우표 같은 것을 모았어 기념이니까 하고 나면 뿌듯하기도 했어

어제 도착한 산양유 비누를 손에 녹여 얼굴에 문지르고 아 고급진 향이다 샤워까지 해 놓고
아 나는 고급을 좋아하는구나! 아는 것처럼 알게 되면

내가 생각하는 호랑이와 미사일과
총알 박힌 소나무가 그 호랑이와 그 미사일과 그 총알 박힌 소나무이긴 한 건지
알게 될까

옆은 앞보다는 뒤여서 좋고 뒤보다는 앞이라서 좋고 호랑이와 나란해서 좋습니다 엉뚱한 대답을 하고

줄무늬 근사한데 친구!
우리 사진 한 장 찍을까 할 수 있어 좋지
옆이니까 죽은 이든 산 사람이든 불러 모을 수 있으니까

인왕 3

길거리 화단에 회색빛 가루가 쏟아져 있어 아니 엎질러져 있어
한 무더기
무슨 재 같기도 하고 뼛가루는 아니겠지 집에 돌아와서도 계속 생각이 나 하얗지도 검지도 않은

낮과 밤 사이 어느 곳이었으니
모든 게 선명하지 않을 때였으니 어둠 속으로 묻힐, 사람이 엎질러지면
저런 모습일까

쓸어 담아 볼까
손가락 사이로 빠지는 것은 남겨 두고 양손으로 눈가루처럼 뭉쳐 던져 볼까
아파트 불빛들이 하나씩 켜질 때마다

추워서 주먹을 꽉 쥔 사람들이 하나씩 나왔다 들어가고
해가 나면
그 자리에 눈 두 개 코 하나 입 하나 아무렇게나 떨어져 있어

인왕 4

파 뿌리 무 다시마를 넣은 커다란 육수 통이 끓고 있다
멧돼지를 사냥 중이니 조심하라는 안내문을 소리 내어 읽은 후 소리 내면 멧돼지를 쫓을 수 있을 것 같아 한 번 더 입술을 달싹여 주문처럼 외며
독립문공원 지나 사직공원 쪽으로

사직대제 어가 행렬 현수막이 펄럭인다
며칠 전부터 예행연습이 있었고 오늘은 드디어 어가 행렬이 당도하는지
항상 닫혀 있는 사직단 문이 오늘은 열리는지
나는 그 위 종로도서관에 앉아 단모음 위치도와
해부도를 외우고 있는 중이었는데
혀를 위로 아래로 앞으로 뒤로 하며 입술 모양을 모았다 벌렸다 이리저리 움직거리고 있었는데

행렬이다 깃발을 든 기수를 시작으로
왕과 왕세자가 가마에 타고 문무백관 신하들을 거느리고
붉은 도포 자락 노란 도포 자락 파란 보라 하늘 도포 자락 바람에 휘날리며

익선관, 세로로 줄이 간 금관, 전립, 유건 등의 모자를 쓰고
커다란 북과 작은 북과 장구와 편경 편종 나팔 소리 앞세워 제단 앞으로

땅 신에게
곡식의 신에게
생고기와 곡식과 과일 등을 차려 놓고
흰옷을 입고 화관을 쓴 무녀의 춤이 이어진다 빙글빙글 돌며 길게 뻗은 팔을 휘두르며 더 빠르게 돌고 돌아
온다

아득히 먼 옛날로부터 뭔가가 들이닥치기 시작하면 입술을 더 빨리 달싹여야 하리
먼 뿌리로부터 올라온 풍토병에 대하여
사냥의 허락된 날들에 대하여
기도하여야 하리

온갖 뿌리를 겪어 온 땅을 위하여
별의 생성과 죽음을 겪는 하늘을 위하여

인왕 5
—나의 시

추리닝 바지에 헐렁한 운동화를 신고 산책 나간 너는 돌아오지 않고 있어
뒷산이 온통 바위산이라

거기 어디쯤 떨어져 있으려니 했어
가벼운 마음으로 산길을 돌아 나오면 영웅이 되어 있거나 철학자나 작곡가가 되어 있는 사람들처럼

나도 시를 쓰는 사람이 되었고 우리는 누구나 산책길에 무엇이 되고는 하니까
너도 흔적을 남기겠거니 했지

구멍만 있으면 사람들은 왜 돌을 던져 놓거나 쌓는지 모르겠어 고목에도 태양에도 해골바위에도
기도발을 세우기에는 어둡고 거칠고 공허한데

희한한 건 그런 돌들이 어디에나 있다는 거지
쌓기 좋고 던지기 좋고 걷어차이고 굴러떨어지기 좋은
가벼운 마음으로 물고기나 새가 되어도 무방한
색깔과 모양으로

물고기를 닮은 여자가 돌다 간 골목길을 따라 들어갔다가 너를 만나게 돼도

놀라지 않을 자신이 있어

데려와 살 자신 있어

인왕 6

—앙케혼수

삼천 년이 넘는 세월을 건너왔구나

너라는 사제를 만나러 나는 나비로 벌로 하루살이로도 변해 간다

명동교자 먹으러 간다

만지면 바사삭 부서질 너를 데리고

긴 줄 끝에 서서

내일은 을지로 평양냉면도 먹고

한강 변 꽃 진 자리 열매도 떨어진 벚나무 아래 누워 나뭇잎 사이로 쏟아지는 햇빛을 쏘아보다가

웃고 있는 해골을

넋 놓고 바라보다가 플라스틱 테이블 위에 놓인 뼈 없는 닭 다리를 먹으며 한나절을 놀다가

만지지도 못하는 너를 바짝 마른 너를 살살 달래 가며

몸을 섞고

아침이면 부서진 너를 추슬러 손을 잡고 길을 떠나는구나 너는

다른 사람의 아이를 배고 이승의 나에게로 와 바이러스 시대의 사랑 운운하는구나

꿈을 생산하느라 잠의 가장자리에 눈꺼풀이 떨리는 오후

인왕 7

—돈키호테를 마저 읽으며

오늘은 이상한 춤을 출 거예요
뭐라고 딱히 표현할 수 없는 동작 같은 거
자 두 손을 몸에서 꺼내 볼까요
꺼낸다는 건 뭔가 해 보겠다는 말
캐비닛 속으로 손을 넣어 더듬어 보겠다는 말 더듬다 만 나게 된 슈즈나 머리끈 혹은 초침 소리
나는 두 손을 꺼내 펼쳐진 내 손을 본다
놀라 도망치듯 빼낸 너를 처음 만진 손
내가 낳은 아이를 처음 만지고
주머니에 넣지도
손가락을 빨 수도 없게 된
손을 이불 밖으로 내놓고 잠을 잔다
무엇에라도 닿을까 내려놓지 못한 마음들
난 내 손에게 무엇을 바란 걸까
신림동 골목에서 양철 소년의 양철 꽃을 구멍 숭숭 난
꽃을 받아 들고 엉엉 운 적 있다
자 꽃을 만들어 보세요 새끼손가락부터 차례로 접어 보세요 귀 옆에서 머리 위에서
여러분 그게 아니에요 동작이 그게 아니잖아요 물결처럼

사랑도 안 해 봤어요? 머리를 한번 쓸어 주고 목으로 가슴으로 손끝을 세워서

아니 자기 몸 만지는 것도 못 해요 자 힙을 양손으로 위로 쓸어 주고 양옆으로 왔다 갔다

손이 먼저 나가고 몸이 딸려 나가는

인왕 8

—Mug컵 사용기

1

드시고 가실 겁니까
뜨거우니 조심히 들고 가셔요
흙이니 물이니 불이니 공기니 꼭 그런 얘기를 하라는 건 아니에요
지구는 둥그니까 해도 달도 뜨고 별도 떨어지고 엄마도 아빠도, 얼룩은 좀 닦고 오실래요?
얼룩을 얼굴로 듣고 거울을 봅니다 나는
엄마를 조금 더 많이 닮아 얼굴은 작고 이목구비가 큰 편입니다 얼룩은
남아 있으려는 의지로 뭉쳐 있습니다
던지면 깨지는 것은 그날의 운을 점치기에 좋고

2

추운 날 당신을 만나 길을 걷습니다 신문 판매대에 오늘의 헤드라인이 보입니다 '피가래 서울 60대 병상 찾다가 숨졌다' 나는 살아 있으니 사랑을 하고
이 한 줄의 크고 굵은 문장을 읽고

오늘의 적군과 아군을 분리배출하고 있습니다 이 질긴 바이러스들도 참 자신들의 살길을 마련하고 있구나

우리는 살을 태우면서 지방도 태우면서

공기는 차고 하늘은 맑습니다

내 작은 얼굴이 더 작아져 구멍들이 커집니다

당신을 만나면 눈을 마주치고 손잡는 일조차 태우는 일인데

관광지 궁전은 교대식이 한창입니다

3

빙 둘러선 사람들 사이를 뚫고 들어가

해골 관광을 하듯

우리는 그때 답을 찾는 일은 그만두었습니다

올해는 전 지구적으로 누가 죽든 이상하지 않은 한 해였으니

내일 또 올게 같은 인사를 나누는데 아무런 문제가 되지 않습니다 하늘은 맑으니

나는 왕녀처럼 살짝 무릎을 구부리며 가볍게 인사나 했으면 좋겠다는 생각을 합니다

오늘은 운이 좋은 날입니다

인왕 9
—멜랑콜리

농약사를 지나고 있다는 게 놀라워 번쩍거리는 도시 한 가운데
농기구나 농약이
이상하고 아름다워
조카가 죽었다는데 화장터 가기 싫어 안 갔어 손톱의 각질을 벗겨 내고 있었어
며칠 동안 고기를 먹었더니
머리카락에 윤기가 나고 손톱이 길어지고 있어
관 속에서도 자란다는 게 이런 거라니 다른 것이었다면 좋았겠지만 특별히 생각나는 것도 없어
널 보내는 내 방식이라 생각해
예의를 모른다고 누군가 내게 전해 왔지만
달리 할 말이 없어서
눈이 무게로 차곡차곡 내려앉아 쌓이는 게 보여서
눈은 이렇게 쌓이는 거구나 머리카락이나 손톱이 자라듯 눈이 쌓이는 과정을 처음으로 목도하는
이상하고 아름다운

인왕 10
—타투 시즌

뭘 나누기에는 좀 늦거나 이른 시간이지만
여기는 거리가 너무 조용해요 손님도 없고
건너편 창에 비친 게 사람인지 유령인지
맞아요 여기도 유령 같은 꽃이 한창이에요 꽃들 때문에
산이 솟아나요
골목도 나타나고

근친도 혐오도요
보이지 않던 것들이 한꺼번에 몽땅 솟아나요
꽃들은 그렇게 피는군요
살갗을 찢고
내 아이도 며칠 전에 나왔는데요
아내는 요즘 무얼 먹어도 소화가 안 된대요 축하합니다
(여기저기 축하 인사가 들려온다)

공생한다는 건 잡아먹는 거라고
먹혀서 소화되지 않은 먹이와 함께 사는 거라고 지난
시간에

끅끅거리지 말고 꺼내 봐요 소화되지 않은 것들을 우리

에게도 하나씩 나눠 줘요
그래도 꼬물대는 게 예쁘니까 울지만 않으면 좀 나을 텐데요

죽지 않았다고 우리도 이렇게 모여 있는걸요 이왕 모였으니 쓸모 있는 일들에 대해 얘기해 볼까요

각자의 살갗을 꺼내어 놓고
몸으로 들어오는 대로 받아들여 꽃이든 총이든 나비든 호랑이든 받아먹고 살려 내 볼까요
피고름을 흘리며 물러 터져 봐요
입이든 옆구리든 두뇌로든
몸을 나눠 먹어요
아직 엄지님이 남았네요 엄지님은 어때요?

네 전 서원의 사당 앞인데요
창이 없는 집은 귀신이 사는 곳이야
저 사람은 지난번에도 그 얘기하고 가더니 여보세요 나 안 보여요? 보고도 못 본 체하네요
지박령은 자기가 살아 있는 줄 알고 그곳에서 맴돌고 떠

나지 않는 거라던데 저 사람인가
　아님 저 새가?
　저라고요? 말도 안 돼
　난간 좁은 곳에 터를 잡고 집을 자꾸 바닥으로 떨어뜨리고 떨어뜨리고 잠깐만요

　다들 어디 가셨어요? 헐 난 뭘 먹은 거야

인왕 11
—물집

내가 좁쌀 물집을 불러들인 이유 같은 건가
두 손 가득 물 무덤을 수백 개 매달고 일주일을 지냈어
눈에 입에 코에 구멍마다
물이 들어차는 것 같았어
무덤 속에 고인 물처럼 어떤 뿌리 같은 걸 키우고 있었지

잘은 모르지만 책임과 의무 같은 걸 거야 가난해도
지킬 건 지켜야 하니까
우리 가족은 오래전 무덤가에 살았어 옆구리에 큰 칼 대신 곡괭이를 하나씩 차고 밤낮으로 지켰지
무엇으로부터 지켜야 하는 줄도 모르고
엄마와 아빠와 누나들은 밤이면 힘줄 돋은 눈이 빨개져 툭 튀어나와 있었어

도깨비나 팔이 부러진 신(神) 같은 것인지도 모르지
자고 일어나면 닭들이 죽어 있거나 사라지거나 했으니까
내 몸은 그래서 무언가를 불러들이는 데 익숙해
피부밑에 웅크리고 있다가 몸이 좀 아프거나 약해지면

어김없이 나타나는 것들

그게 삶의 전부인 줄 알았거든 불러들이는 것, 물이든 불이든 천사든(악마가 올까 봐 악마를 썼다가 지움)
그게 뭐든 지켜야 하니까
우리 옆 가게는 며칠 전 젊은 사장이 갑자기 죽고
오늘은 타카질 소리로 벽을 타고 있어 말을 섞어 본 적 없는 사람과의 대화 방식이니까 그러려니 해
며칠째 잘 가시라고 벽을 뚫는 드릴 소리가 날 때마다 인사를 하고 있어

이 병은 암자에 가서 세 번 절을 하고 얻은 것이었어 누군가 핥아 주면 좋겠지만 그런 일은 없어

제3부

신문

창틀에 빗물 고인다 오래된 창틀에 대고 나는 넘치잖아 꼭 쥐고 있어야지 한다

하루 전에는 못 보고 지나갔고 이틀 전에도
찰랑거렸다

얼굴은 그리기가 힘들어 뒷모습만 그리다 나는 넘치고

창틀은 안쪽이 높고 바깥이 낮아 빗물은 주로 바깥에 맞춰진다 뒤통수가 하나 하나 하나 셋

하루하루 안 봐도 좋고 차곡차곡 쌓아 놓았다 한꺼번에 봐도 좋고

비 오는 날은 뭉텅이로 뭉쳐 있어서 좋다

가방을 바꿔 들고나왔어

눈꺼풀을 깜빡일 때마다 장면이 바뀐다 비가 오다가 맑은 날이다가 별이 반짝이는 밤이다가 겨울이다가

추푸는 케추아어로 멧돼지가 물에 빠져 허우적거리는 소리라는데 나는 아버지가 내는 그 소리를 들었던 것 같다

무선 이어버드가 귀에서 빠져 도로를 구르다 하수구 속으로 들어간다 음악을 잃고서야 음악 소리가 아무 때나 들린다

어미를 찾는 새끼 고양이가 문밖에서 계속 울고 있다 사람들이 나를 계속 쳐다본다

토해 놓은 내장을 비둘기가 쪼아 먹고 있다 반쯤 말라 버린 나의 위벽을 내가 들여다보고 있다

심줄이 많아 씹히지도 목으로 넘어가지도 않는 먹던 고구마를 나무뿌리 같아 밭에 다시 심는다

인류학도 그렇다

신분증과 지갑과 우산을 모두 놓고 나와 나를 증명할 방법이 없다

사상

굴러떨어지겠어 한쪽으로 쏠리잖아

방에서 자전거를 타는 엄마에게
아니 엄마는 반쪽만 엄마 같아서 지구를 반 바퀴만 돌고 올 것 같아서

그쪽 엄마에게는 어떻게 불러야 할지 모르겠어 늘 새로워서 말이야 새엄마 어때?
엄마도 아닌 게 엄마 같아서
다가가는 방법도 모르겠고 못 쓰는 팔다리는

지워진 역사의 어떤 부분 같아
다쳐도 다친 줄 모르는

엄마는 참 별루야 만지지도 못하고 꾹꾹 눌러 보다

있지도 않고 없지도 않은 내가 떠올라

주머니에 구겨 넣은 손이 빠져
툭!

멋쟁이 엄마는 손을 넣을 주머니를 허둥지둥 찾는데

커튼콜

교정기를 끼고 다녔어
어떤 순간은 영원할 거 같았어
느리게 걷는 연습 중이었거든
뽑기의 신에 가서 별이나 나무 뽑기를 했지만 매번 꽝이었고 갈라진 별이나 나무 쪼가리를 먹고 자랐지
사주 궁합이 쓰여 있는 천막 안에서 미래의 궁합을 보고 싶었어
웃으면 네가 달아날까 봐 웃지도 못하고 있을 때였지
속설이라도 믿고 싶을 때였으니까
복숭아를 훔쳐 먹고 몸이 가려워 벅벅 긁어 대다 불판 위의 속이 꽉 찬 곱창도 먹고
곱이 입안 가득 터지도록 먹다 보면 네 이름을 계속 이어서 부를 수도 있을 거 같았거든
아픈 것쯤이야 아무것도 아니었어 들쭉날쭉한 것들이 나란히 붙어 아주 조금씩 움직이기 시작했지
마음먹지 않으려 하면 할수록 점점 자라나서
결국 터져 버리지
함박눈이 펑펑 쏟아지는데 바닥에 닿자마자 소리도 없이 녹아 버리는 아주 조용하고 느린 순간
터져 나왔어

국가수사본부

1

손 선풍기를 들고
사람들이 걸어 다닌다
들고 다니는 자체의 무게나 움직임이 불편해
나는 들고 다니지 않는다
목걸이용 신제품이 나왔으나
손은 자유로웠으나
그래도 나는 사용하지 않는다
바람이 싫은 건 아니다

2

비가
갑자기 쏟아지면
살이
부러진
한쪽이 내려앉은
우산을
쓴

사람들이
거리로 나온다

부러진 우산 하나쯤은 모두 갖고 있다

3

지구는
생각보다
단단하지
않다 신념처럼
밟으면
무너진다

4

운동이 끝나고 집으로 돌아갈 때
동작을 복기하느라
몸을 자꾸 움직인다
건물 창에 불이 들어와 있어

거리가 환하다

오늘 이 거리에 핀 벚꽃들은 모형 같아

끓기 시작하면 바닥을 저어야 해
달걀 삶는 방법 같은 건데

바닥이라는 건
들끓기 쉽고 뒤집어지기 쉽지 우리는
부유물로 떠올라

사방 벽에 부딪히다가
천국이나 지옥 같은 곳에 도달할 때까지 대가리를 들이받지

온몸이 깨지고
뇌에서 흘러나온 것 같은 노랗거나 하얗게
이물질이 떠돌면

터진 달걀처럼 앉아
가위바위보 하나 빼기를 하다가

너는 네가 온 곳으로 돌아가고

*

새벽 깊은 산속에서 안개로 풀려나온 듯 너는
하얗고 싱그러운
달콤하고 향긋한 때론 서늘한

혀가 닿으면 녹아 버릴
그것을 붙들고

내가 살아,
혀를 감추고
눈을 감추고

마네킹은 언제부터인지 얼굴이 사라졌어 그러니 눈치 볼 일도 없고
달걀처럼 눈코입머리다리를 모두 안으로 집어넣고 다니면 좀 좋아

경제적이고
무엇을 걸쳐 놓아도 잘 어울리지

아노말로카리스 마렐라 아미스퀴아 피카이아 같은 거
응?
그냥 고대 바다 생물들이라는데 지금은 바위에 붙어
발견된
혹시 네가 그 아노말……?

오래전에 살던 생물 이름을 늘어놓다 보면
네가 온 곳으로 가지 않아도 될 거 같아서

*

저 꽃잎들은 어떤 전생을 풀어놓고 있는 걸까 낙원상가
옆 종로 한가운데 꽃으로 피어 희희낙락
우린 늘 이 전생의 거리에 서 있지
꽃이파리 하나 떨어지지 않는 고요한, 깊은 한낮
한 겹을 벗겨 내면 다시 한 겹이 나타나고 또 벗겨 내면
세 겹 네 겹 나타나고
억 겹의 주름이 겹쳐졌다 펼쳐지는
너의 늑골 아래서

나의 생을 파먹는 나의 손톱
밑의 살점들
빨아 먹고 핥아 먹고
핥아 먹고 빨아 먹다
팔이 빠지고 목이 빠지고
발이 어깨가 마음이 나동그라지는

도움이 된다

복희 집으로 와 모자를 쓰고 와도 좋고
뭐든 뭉치는 게 좋아 아랫배든 발가락이든
구름이든
뭉치고 나면 꿈틀거리잖아
상훈 씨는 갑자기 왜 죽었대 내게 이상형이라고 하더니
하루는 비쩍 말라 왔더라
우주 영화 더 마션을 보자고 하더라고 그 영화 있잖아 우주탐사 중 혼자 고립된 사람이 감자를 재배하고 산소도 만들고 겨우 살아가던
그 사람이 먼지처럼 사라질 거 같았어
그래서 같이 봤지
그리고 지하철 타고 가 버렸어

그러니까 복희 집으로 와 먼지도 털지 말고
비가 오면 비를 맞고 와 눈이 오면 눈을 맞고 안 되면
서로 귀를 물어뜯으며 있어 보자고
저 별들이 모두 물속으로 가라앉아 반짝거리고 있을 때까지 꿈틀거리고 있어 보자고
그러면 도움이 될지도 모르잖아
사당동 지날 때마다

손이라도 몽땅 줄 걸 그랬나, 죽을 때까지 조용히 혼자 살다 가던 사람을

기침 소리도 크게 내지 않던 사람이

이젠 내 속에서 종일 걸어 다녀

너도 누구한테든 이상형이라고 하지 마

삭센다

공주에 알밤 주우러 간다
축제가 열린다는 걸
브라를 조물조물 빨다가 갑자기 생각났어 브라 속에 가슴 대신 채워 넣었던 양말을 빼내며
어떤 것도 대신할 수 없는 것이
있다는 것을

룸메이트하고 간다 아침마다 터키식으로 커피를 끓여주는 독일 여행자, 언제 떠날지 모르는
통통한 알밤 주우러 간다
뽕 안에 채워 넣을 것들을 찾으러 간다

휴지든
거지든
간지든
장르는 다르지만
여자도 남자도 아이도 노인도 모두 함께 가서 축제를 즐기는, 소수자들은 그들대로

걸러 내야 할 하늘과 땅과 구름과 나의 삭센다

태풍보다 먼저 와서 다행이야 커졌다 작아졌다가 몸도 마음도 그렇더군

밤나무 숲이 거대한 파도처럼 움직입니다 동시에 부러지고 꺾이고 휘어집니다 밤송이가 나무 밑에 가득합니다 잘못 앉으면 엉덩이에 가시가 가득 박히고 잘못 누우면 등에 가득 박히고

꽃은 암수 한 그루로 6월에 핀다. 수꽃은 꼬리 모양의 긴 꽃이삭이 달리고, 암꽃은 그 밑에 2-3개가 달린다.

뒷면은 성모(星毛)가 난다. 잎자루는 길이 1-1.5센티미터 작은 가지는 자줏빛을 띤 붉은 갈색이며, 짧은 털이 나지만 잎은 어긋나고

그만 읽어

알밤 주우러 가자고 했지 누가 사귀자고 했니?

가슴을 모으느라 그러는 거지

숙소

나의 역사란 주로 싸구려 여관에서 이뤄진다 이 문장은 빨래를 떠올리며 든 생각이다

사랑을 나누어도 나누지 않아도 떨어지는 머리카락, 나의 머리카락은 굵고 까맣고 직모다

너는 내 머리카락을 두 손가락 끝으로 집어 들고 고백했다 그래서 더 야릇했다

숙소엔 유명 화가의 모작인 액자 하나 일회용 칫솔 치약 비누 벗겨진 칠의 욕조와 변기

몇 만 년 전 동굴벽화가 그려진 그들의 숙소가 생각난다 더 나은가 더 나쁜가

하얀 블라우스부터 모자 브라 양말까지

마구 벗어 아무 곳에나 던져진 옷을 다시 입다 보면

여러 가지 더러운 생각

빨랫줄의 역사는 그렇게 이뤄졌을 거다 입기 위해 사랑을 나누는 것처럼

이불을 털다가 덥다가

다 지우지 못한 얼룩까지 그 얼룩 위에 또 누군가 다른 얼룩을 남겨 놓은 것까지

핏자국은 과산화수소를 뿌려 주고 거품이 올라오기 전 빨리 빨면 잘 빨립니다 얼룩마다 세탁 방법은 다릅니다

대륙마다 나라마다 민족마다

모든 숙소엔 자신도 모르게 남겨 놓고 떠난 머리카락이 뿌리를 내리고 있다

이탈리아나 캄보디아에서도 나는 머리카락을 떨어뜨리고 왔다 모근까지 두고 왔다

나의 뿌리는 나와는 상관없이 아무 곳에나 떨어지고 알을 까거나 사라지겠지

원색이거나 흐릿하거나, 바닷바람이 섞여 흙냄새가 나기도 하겠지 숙소를 전전하며

머리카락을 두 손가락 끝으로 계속 들고 있다 보면

하고 싶어지는 것처럼

오늘의 날씨는 염소

단추와 비누를 뜯어 먹어요 염소는
아무거나 잘 먹어요
나는 염소를 끌고 갑니다
염소는 가끔 울고 풀을 뜯어 먹고 동글동글한 똥을 싸요 그것이 나쁘다거나 좋다고 할 수 없습니다

절벽으로 오르는 건 그의 일입니다
나의 절벽으로 건너오는 것도 그의 일입니다
내가 붙여 놓은 스티커를 뜯어 먹습니다
내가 받은 칭찬들을 모두 먹습니다

스티커는 아무 데나 잘 붙어요 의자 다리에도 가끔씩 커다랗게 울리는 냉장고 모터 소리에도
스티커는 힘이 좋고 무척 성능이 좋습니다 그러나 염소가 먹기에는 문제없습니다

붙여 놓은 스티커는 영 말썽입니다
얼룩을 남기기 마련이지요
내가 지금 여기 인류에 붙어 있는 것도 좋다거나 나쁘다고 할 수 없는 것처럼

접시 위 구운 야채와 피가 흥건한 스테이크를 먹고 나면 기분이 나아지는 것처럼

의심 없이, 나는 먹고
단추를 채우고
비누를 다시 말려 놓습니다
날씨는 미리 꺼내 놓으면 변할 수도 있으니까요

그의 점 때문에 나의 어디에든 점이 찍혀 있지만
얼룩은 그렇게 찍히는 게 맞습니다

활보 교육

—황정윤 윤리 선생님께

팔다리 없는 마네킹에 꽃무늬 원피스들

바람에 휘갈겨지고 있어요 어딘가에 끼워질 팔다리 얼굴을 가지고 나는

원피스를 하나 둘 세고 있어요

선생님은 십 칸 노트에 숫자를 십 페이지씩 써 오라고 했어요

1부터 0까지였나 0부터 1까지였나 아니 일요일부터였나 월요일부터였나

원피스의 팔과 엉덩이가 찢길 듯해요 하늘하늘한 꽃무늬 원피스를 입고 다니면 마음마저 아름다워지는데 겆꼭지까지 간질거리는 느낌인데 어딘지 모를 깊은 곳까지 가게 되는데 선생님

1.1과 1.2는 어디에 써요 그만하면 안 돼요? 하늘은요 땅과 허브치킨 가든 샐러드와 포도나무와 바퀴벌레 그리고 하느님도 강아지 포카도 있는데 셀 것은 좆같이 많은데

1 2 3 4 5 6 7 8 9 0인지 0 1 2 3 4 5 6 7 8 9인지를 정자체로 꼬부라진 글씨체로 또 고딕체로 아니 휴먼체로 써 갔고 매번 퇴짜를 맞았어요 밥을 먹고 바퀴벌레를 잡고 피아노를 조금 치다가 평생 늙을 것 같았어요 꽃무늬 원피스를 입다가 다시 속옷을 입다가

쫓기는 심정으로 쉬는 시간에 급하게 휘갈겨 썼어요 칸에서 숫자들이 밖으로 빠져 달아났고 드디어 통과했어요 그 이후로 마구 휘갈기며 다니기 시작했어요 쉬는 시간은 짧고 아름다운 건 위태하다는 걸 알았어요 간밤에 온 산이 아름답게 불타는 걸 보았으니까요

불꽃이 훨훨 날아다니는 게 원피스의 꽃 같았어요 선생님은 아름다운 것은 입 밖으로 내뱉으면 안 된다고 다물고 있으라 했어요 얼굴도 이름도 기억나지 않는 선생님 내 글씨체로 남아 나의 팔다리를 이리저리 휘몰고 다녀요

선물

선물을 고르다
네가 가장 좋아하는 것과 싫어하는 것을 구분하다 보면
너를 다 아는 것 같아
아는 일에 힘쓰는 사람처럼
철학하는 사람처럼

주고받는 일
감사하는 일
조금 더 주고 조금 더 받는
먼지의 오후 같은 일

심플한 스니커즈나 시집이나 머플러
하얗고 예쁜 것일수록 밟아 주고 내던지기 좋지
끝까지 쫓아다니기 좋지, 길에서

만 원짜리 한 장을 주워 들고
주머니에 넣지 못하는 나는 무엇을 안다고
편의점에 들러 라면 따위를 사고 퉤퉤퉤 손을 터는가

산타 산타

산타들은
목이 긴 양말을 신어요

식성이 비슷한 너와 다니면 안색을 바꾸기가 힘들어

살 부스러기를 털어 낸다
털어 내다 보면 내가 사라지는 게 보일까 먼지는
너와 손을 잡을 때도 생기고
입을 맞출 때도 생기고
세게 끌어안으면 더 많이 생기고
한번 자고 나면
우주에 살 부스러기 가득합니다

비토와 파스타

애들은 일상어를 암호로 쓴대
나 오늘 파스타 먹었어 같은 문장을 어떻게 알겠어 그게 죽고 싶다는 말이라는 걸
입이 덜 풀린 별주부가 퇴 선생을 호 선생으로 잘못 불러 범이 내려온 거라고 너는 노래를 부르며 무릎 춤을 추고

파스타는 파스타고 나는 나니까 (고 최정례 시인 고인의 명복을 빕니다)

여기는 날아다니는 토끼 같다고 하여 비토섬이래 비토토비 하니까 놀이동산이 생각나 침을 뱉던 원숭이도
침을 닦으며 너는 욕을 했던가
소주와 정어리 통조림을 먹으며

불 켜진 편의점은 무엇을 먹기에 좋아
깡통 속의 살들
물러진 가시들 오래 두어도 썩지 않을
어디든 담긴다면
무덤 속보다는 깡통 속이 나을지도 몰라 편의점에 나란히 담겨 놓여 있으면 볼만하겠네

칸칸이 앉아 무엇을 하겠다는 건지
그게 아니고 밥을 먹든 침을 뱉든 혼자는 못 하는 것도 있으니까요

바닷가 돌들 사이 박테리아라는데 멋모르고 만지다 끈적거려 놀랐어
바다를 떠돌다 아무 곳에나 붙어 기생 좀 해 본 눈친데
저렇게 오래 끈적거리는 것들을
죽어서도 살아 있는 것들을 파스타라 불러도 되겠니?

간단해요 포크로 돌돌 말아서 입을 크게 벌려 넣고 음미하며 눈알을 조금씩 굴리며 먹으면 돼요
비토에서 박 선생과 이 선생과 변 선생은 좋은 얼굴로 나를 안심시키려 하고

아 미안해요 난 난
서울에 놓고 왔어요

오줌 마려운 보살

배나무에 꽃이 핀다
사람들이 그 아래 들락날락한다
개도 한 마리 두 마리
개미도
빗방울도
환해지다 어두워지고

보험을 들라는 사람과
보험을 들까 말까 망설이는 사람과
엿듣지 않아도 들리는 나와
어디에든 들어야 할 것 같아 급해지는 나와
관세음보살
관세음보살

흘러내리는 옷자락
두꺼운 입술이 살짝 벌어져 있고
두 눈은 감은
통통한 얼굴
둥그런 턱을 가진
여자도 남자도 아닌

배나무
오른손은 다섯 손가락을 펴 오른쪽 복부 쪽에 펼쳐 놓고
왼손은 바지춤에 대고

오줌 마려운 듯
구름은
하얗게 뭉쳐 있다 검게 변하고 붉어지고
오염되기 쉬운
꽃봉오리가 천지에 가득
제각각 색깔들을 품고 언제 터질지 모르는
생각들처럼 골몰히

항문을 오므리고

제4부

고라니

죽었나 봐 노루 새끼 같은데 살아 있는 거 아냐? 노루 불쌍해 노루 아니고 고라니 그래 고라니 누가 안 치워 주나 어제도 내려오다 죽은 노루 봤는데 고라니라니까 길을 잘못 들었나 뭐에 홀렸는지 엄마 뭐 먹고 싶은데요 해물찜 오우케이 바깥 풍경도 보고 좀 해 봐요 딸들하고 드라이브 하니까 좀 나아? 그런데 얼마나 더 가야 해 멀미 나 구불구불 깊은 산길을 넘어왔더니 내가 뭐 니들한테 잘못 한다고 했니 이 몸이 내가 이렇다는 거지 어디든 깊은 곳은 아픈 곳인지도 몰라 홀리기도 쉽지 엄마는 아직도 엄마가 불쌍해? 어제 계속 울더니 김명오 씨 가신 지가 언젠데 아직도 김명오 씨가 야 근데 저 노루 멸종위기종이라고 안 했어? 유해 동물이야 기다란 송곳니 봤어? 고라니라고 드라큘라 같아 울 때도 악을 쓰고 울어서 기분 나쁘고 무서워 저 노루 우리나라에만 산다고 하지 않았어? 여긴 너무 많아 자식도 많으면 귀하지 않고 고라니라니까 그래 고라니 세계에서 희귀한 동물이라고 했는데 천덕꾸러기야 번식력도 좋고 포식 동물이 없어서 그래 산에서도 만나고 들에서도 만나고 농작물보호법을 알아 둬야겠어 내가 나오라고 했니 니들이 뭐에 홀려서 나온 거지

점심(點心)

아니 저 양반이 왜 이렇게 빨리 가 뒤따라가던 작은어머니는 뒤돌아오고 그 초코파이 제가 갖다 드릴게요 나는 산 쪽으로 빠르게 따라가다 멈칫거린다 포클레인이 새로 구덩이를 만드는 중이기 때문이다 소변이 급하신가 곤경에 처할 수도 있겠다는 생각이 먼저 들었고 우리는 고고고조할아버지 산소부터 고고조할아버지 고조할아버지 등 몇 개의 산소를 정리 중이었고 몇 개의 구덩이를 팠고 나는 작은아버지를 따라가는 중이다 어디 가셔요 가루가 된 사람들을 동생과 사촌 동생들이 각자 하나씩 들고 구덩이 앞으로 선다 묘 만드는 일을 하니 좋더라고요 부처상을 깎던 사람, 내려놓은 한쪽 다리를 절면서 일을 지시하고 연신 제(祭) 지내는 법을 가르치려 한다 나는 배춧잎 색깔하고 똑같은 배추벌레 두 마리를 손으로 잡아내고 눈이 밝아야 하는데 밝지 못하니 너희들이 잡아내라 아침나절에 말씀하시더니 어디까지 가시는 거지 작은아버지 작은아버지 부르며 쫓아가고 엊그제 시체 썩은 물 먹고 내 몸이 병신이 됐다고 눈을 부라리며 억지 쓰는 산 아래 노인 다시 올까 시선은 자꾸 산 아래를 향하고

브리태니커 백과사전

세상이 굴러가는 건 나의 의지와는 상관이 없다
책이 책장 밑으로 늘어지도록 대비를 한다고 해도 세트 이후 나온 한 권을 꼭 더 사야 세트가 된다고 우겨 대던
책 장수도 어딘가로 사라지고

눈 대신 비가 조금 와서 실망을 했다
대비를 해도
나의 생일이 그렇게 온 것처럼
부모를 만난 것처럼

매일매일 생기는 새로운 물건들 언어들 놀이들
복음서들

독일 모기는 걷지 않아요 티비에서 수도사들이 모기 이야기로 한창일 때
책 장수는 내게 한 눈을 찡긋거리기도 하고 무릎 가까이 다가앉아 사지 않으면 재앙이라도 닥칠 듯 조용조용 귓속말을 했다
당장 안 믿으면 곧 지옥에 갈 것 같고

예쁘게 그려진 부활절 달걀을 받듯 나는
깨어서 먹어야 할지
모셔 두어야 할지 고민을 했다

부피가 크고 제법 그럴싸한, 무거운
종이에 쓰인 언어는 모두 믿을 만했으므로

그것이 책 장수든
예수든
옴마니반메훔이든
만신이든

선생님은 잠자기 전 천 번을 외다 보면 계시를 내려 주실 줄 누가 아냐고
일단 외워 보라고 하시지만
나는 내 잠꼬대를 들으며 매일 아침 눈을 뜬다
봉황떡집에서 파는 레깅스를 신으며 떡 맛이 날지도 모른다는
예감 같은 것을 하고

계속 부르다 보면 어떤 신이라도 오시겠지?
걷는 모기들을 발견하기도 하겠지?

증인 2
—공중화장실

뒤돌아보는 일은 위험해
내 눈을 그곳에 남기고 싶을지도 모르니까

나는 기도라도 하듯
두 손을 모아
은밀하게
일을 본다

변기는 매끄럽고 하얗고 순수한 곡선
내가 만든 오물이
오물인 나와

빠져나가기 쉽고 덜컥 걸리기 쉽다

공중이라서 누구라도 가능해 욕도 하고 사랑도 하고 도덕도 지키고 남의 장기도 구하는 그 모든 게
낙서로 치부되는 공모의 나날들

눈과
반지와

죽은 태아와
빠뜨리고 간 사람의 휑한 자궁과 손가락과 쿵쾅거리며 주저앉았을 마음보다
기적 같은 기척으로 헛기침을 헛 헛 해도

옆 칸에서 변기 물이 넘쳐 들어온다, 난 두 발을 번쩍 들고 내가 아니라고 누군가에게
나의 여죄까지
떠넘기며

소리도 내지 않고

앞서 지나간 사람의 눈이 내 비밀을 눈치라도 챌까 거울 앞을 지날 땐 빠르게 눈을 감고 간다

거울엔 눈을 빠뜨리기가 쉽다

엄마도 언니도 아니고

문어를 들고 있어 가끔 구두 장식을 들고 가기도 하는데 오늘은 살아 있는 걸 들고 있다는 거지 그래도 탔어 내겐 살아 있는 문어가 두 마리나 있으니까 어떤 게 진짜인지 가짜인지 어떤 게 산 건지 죽은 건지 판단하기 어려운 세상이야 가짜면서 진짜일 수도 그 반대일 수도 있지 바다 냄새가 훅 끼쳐 왔어 그러니 여긴 바다겠지 오지도 가지도 않는 바다 내려 주지도 않는 바다 까만 비닐봉지가 계속 부스럭거려 밀려오는 파도 소리 같아서 손바닥에 올려놓았어 손이 출렁였어 그러더니 갑자기 조용해지는 거야 기분 나쁜 촉감이었을 것 같아 사람의 손이란 너무 뜨겁거나 차가울 테니 까만 봉지 안이 심해인 줄 착각하고 있었을지도 몰라 우리 모두 그렇게 살고 있잖아 까만 비닐봉지 속에서 부스럭거리면서, 갑자기 힘을 뻗치기 시작했어 살고 싶지 않다가도 막상 죽을 거 같으면 살고 싶어지잖아 서로 살겠다고 먹물을 쏘고 뜯어 먹고 있는 줄도 모르지 뻗치는 힘에 놀라 바닥에 놓아 버렸어 갑자기 무거워지는 거야 사람이 죽는 순간을 본 적 있거든 살아 꿈틀거리는 것에 놀랐는지 사람들은 나를 쳐다봤어 순간 나도 뜨뜻해졌어 오줌을 싼 것처럼 누구나 잊지 못할 만져지거나 만진 기억이 있잖아 어디쯤이야 만지고 싶어 빨리

와 너는 문자로 나를 재촉하고 나는 더 뜨듯해져서 사람들에게 똑똑히 말했어

진압봉이 아니에요 엄마도 언니도 아니고 애인은요 천만에요

월요일 1-1

비건 뉴스 간판을 비가 긋고 있다

비 소식은 없는데

마을버스 정류장 여자가 길을 내다보고 있다 점점의

갈색 무늬 롱 원피스를 입은 여자

목과 다리가 길어서

구부리지 않는 앞다리를 양옆으로 벌려 목을 길게 빼고 물을 마시는 기린이 생각나

그녀가 좋아진다 나는

고기를 먹는 것도 좋아하고

그런 방식으로 물을 먹는 기린도 좋아하고

희뿌옇게 밝아 오는 새벽도

뛸 때마다 종아리가 불끈거리는 조깅도 좋아하는데 비건 간판에 비가 내린다 상하좌우 방향도 없이

아니 온 방향으로 저것이 저 까만

고딕체의 글씨 네모난

간판이

불러낸 것들

물웅덩이 속에 흔들리는 아파트, 하늘로 솟구치는 비, 컴컴한 하늘, 빗물을 튕기며 지나는 초록 파랑 버스 등을

하나씩 세워 놓고 나는

나의 의무와 자유와 섭리와 콧구멍을 벌렁거린다

우산도 들지 않고

어떤 중대한 소식을 기다리듯

버스를 기다리는 사람들, 묵주를

한 알씩 굴리는 여자를 보며 망한 것들과

망할 것들을 생각하다가

망해 버려라 악담을 퍼붓던 날들에게 조금 미안했다 비 소식은 없는데 비를 맞고

어젯밤 몇몇의 여자에게 사랑한다고 말했다가 퇴폐가 된 기분이 들었는데

옷이 흠뻑 젖었는데

어쩐지 세상에서 멀어지는 것 같아 유토피아에 사는 것도 같고 병든 듯도 하다

월요일 2-1

창들이 하루치의 해를 받아먹고 알을 깐다

빌딩들은 저렇게 알을 까는구나 하루 지나면 창이 몇 개씩 불어나 서울은 온통 창이구나 쉬파리처럼,

피부를 뚫고 들어가 남의 살에 알을 슬고 나는 여기까지 왔구나

빛이 번식하는 방식을 따라

아침이면 어김없이 살아나고 빛을 따라 자라고 빛을 따라 어둠을 죽였구나

허벅지를 조심하라 사람들이여

나는 너희의 허벅지에 알을 낳고 주구장창 살겠노라

오늘도 뿔 달린 저녁의 목신과

밤이면 나타나는 도깨비불의

목덜미를 잡고

누가 먼저 먹는지 빨리 많이 먹기 내기를 하고

휘휘 휘파람을 분다

월요일 3-1

1

사람들로 둘러싸여 있는
토르소
울끈불끈한 근육과 갈비뼈가 드러나 있다
몸을 살짝 튼
어깨 위는 없다 목도 없고 얼굴도
팔도 없는, 바티칸
식스팩의 남자
무릎 아래 발가락도 없고 있는 것이라고는
늘어진 성기와 고환과
구멍 몇 개 뚫려 있는 몸
그것이 남자로 보여
어디로도 가지 못하고 서 있다
누구는 만들어지기 전이라 했고
누구는 다 만들어진 것이라 했다 누구는 올 것이라 했고
누구는 이미 왔다고
피 터지게 싸운다는데

2

나는 피도 없고
눈물도 없고

있는 것이라고는 한여름
덜덜거리는 냉장고와 선풍기를 달래는 것뿐인데

섬유탈취제를 뿌리며

내 팔 다리 머리 다 붙어 있다고 믿는 것뿐인데

월요일 4-1

1

줄줄이 엮인 페이퍼 컵스

한 줄이 빠진 채 박스에 담겨 있다

윤종호 시인은 수산시장에서

감옥으로 끌려간 그의 친구 놈의 허연 얼굴을 떠올렸고, 난 그 시를 읽다가

페이퍼 컵스 그것이 주렁주렁

줄줄이 엮여 끌려온

하얀 영혼들 같아

한 구덩이에 묻힌

여러 반동이라 불린 것들이 떠올라

아 씨 종이컵이 왜 하얘
재수 없어

2

티비에서 오드리가 플라이 카멜 스핀 기술로 돌다가 레이벡 스핀으로 빙판 위를 우아하게 도는 동안

나는 줄줄이 엮여 있는 하얀 페이퍼 컵을 하나 꺼내

커피를 한 잔 내려 마시다

시큼하고 쓴

영혼의 맛을 알게 되고

월요일 5-1

얼굴들이 놓여 있다
선반에
쟁반에
하얀 진열대 위에
두상만 덩그러니

영희 명자 순자 상고머리 소년
기철이
혁이
데이빗
마돈나

머리를 쳐들거나
내려뜨린
눈알이 짓이겨진
귀가 잘려 나간

나란히 또는 하나씩 둘씩
순교자의 얼굴들처럼
효수되어

장대에

높이

걸려 있는 듯

눈 코 입이 빠져나간 구멍들도

나란히

아는 얼굴이라도 있나 싶어

거적을 들춰내는 마음으로

없는 팔다리를 찾고

없는 몸을 찾고

그래서 혼들은 자꾸 생겨나는가

오늘 처음 온

손

님과

오래전에 자주 왔던

손

님이

나를 찾아왔다

토핑 쌓기

아빠 개구리 배가 뻥 터져 버리고 말았어
왜?
황소 흉내를 내려
왜 터져?
더 크게 더 더 더 황소만 한 괴물
왜?
초거대한
초는 어딨어?
초는 그 초가 아니고
왜?

개구리 동화를 읽어 주다 문장이 끝나기도 전에 질문이 나오는 아이에게 괴물이 된다고

넘보지 말라고 말하다가

괴물처럼 더 더 더 하다가 배가 뻥 터져서 죽고 만 아버지였다면 그나마 덜 덜 덜 불쌍했을까

초 이야기가 나왔으니 우리

촛불을 켜고 잽싸게 축하 노래를 부르자
생일을 넘보는 아이들
덜덜덜
살아 있으므로

초가 다 녹아 버리기 전에
노래를 잽싸게 부르고 촛불을 끄자

그달의 생일인 외로운 아이들을 한날에 모아 놓고 나란히 앉아 사진을 찍자

아이들은 부모를 초대하고 싶어 하고,
없는 부모 대신

넘보는 사랑을,
넘보는 국적을,
캔디를, 스트로베리를,
넘보는 건을 케이크에 꽂고
넘보는 그레입스를, 우주를,
넘보는 언어를,

넘보는 자유를,

토핑으로 얹어
얼굴에 문지르며 생일빵을 하자

끝물에서 놀다 보면

끝물에서 놀다 보면
안 보이던 것들이 보인다
둘째 날은
들쑥날쑥하고 틈 속에 먼지들이 들락거리고

첫날 앉았던 자리에 왜 다시 앉게 되는지 모르겠어

날은 날것이기도 하고 날것이 아니기도 해서
끝이야! 하고 해 놓고도

다시 시작할 수도 있을 것 같고
쉽게 짓무르고
달큰하기도 시큼하기도 벌레가 들끓기도 한다

내려와서 살아라 집도 있고 다 있는데 얼마나 좋니 공기도 좋고
생각만 조금 바꾸면,
헤어지라는 말처럼 들려, 비겁하게
난 벌레가 무섭고 풀도 무서워

서원은 있잖아
내가 그곳에 들어가니 그곳은 내가 있는 곳이 되더라
다섯 번째 계단에 앉아 있는
나는 모르는 꽃이 피는 곳이 되었다가
모르는 나비를 부르고

벚꽃나무에 꽃이 피는 곳이 되고 날리는 곳이 되고
툇마루에 먼지가 앉았다가 날리는 곳이 되고

신이 계단에 있으시니 계단은 신이 있는 곳이 되더라

해 놓고

날들이 수백 년 쌓여 있는 곳에서
날것과 날것이 아닌 내가

장미원

—후유증

멀리 하늘 가까이 보이는 계단
줄무늬 고양이
네 다리를 위로 뻗고
잘도 자네

산소가 부족한
고지대 슈퍼마켓에서 만난
느릿한 샹그릴라 고양이처럼
느릿한 햇살처럼

후유증도 다 나아가는데
슈퍼마켓에 쌓여 있던 빵빵한 과자 봉지들이 생각나
다 먹고 나면 배가 터질 듯도 하였지
계단을 올라 오른쪽으로 가면 우리 집인데
장미원도 가야 하는데

노랑 주황 빨강 분홍
색색이 눈과 코를 홀리고 있겠지

계단을 가까이 보니

핏자국이 찍혀 있고
배가 터져 구불구불 쏟아져 나와 있다
난 그 붉고 하얀 얼룩을 얼떨결에 밟고
콧물과 침이 줄줄 흘러나와
아픈가
아팠나

바람이 불면 나는 기침을 한다
꽃 냄새인지 피 냄새인지
내 몸에서 나는 냄새인가 백화점에서 산 샤넬 코코 마드모아젤
햇빛에 향들이 진해진다 머리카락 속으로 피부 속으로 달라붙는
백화점의 속은 이런 방식으로 흘러 터져 나오나

깨끗하고 향긋하고 반짝거리는 옷과 보석과 신발들 아름다워라 나는
이런 뻔한 죽음을 사랑하는 게 분명해

저 고양이 아니 저 계단 천국에서 편히 쉬게 해 주세요

—

아프지 않게 해 주세요 기도를 하다가

무엇에게 홀렸나
어떤 과자를 받아먹었나 빵빵한 봉지에 든
똥꼬 간질이는 행복을 겪다 온몸을 잡아먹혀도 모르는
그런 행복을 갖고 싶기도 해

햇빛 아래 아이들이
길게 줄을 서서 다니다가 꼬물꼬물 동그랗게 모인다 꽃
무늬 바지를 똑같이 입고
밑동 잘린 꽃다발처럼
네네 선생님

장미는 무엇의 후유증으로 피어 있나
또 아이들은

장미원은
꿈을 꾸고 난 후의 일같이 아른거리는데
저 고양이는 나의 후유증인가

—

오래 앓다 보면
꿈인지 땅속인지 구름 속인지 계단인지
헛디디거나
꺼져 버릴
세상이 가득 펼쳐져 있어

기침이 떨어지질 않아

해설

자궁·토르소·제단을 순례하는 구멍

신수진(문학평론가)

블랑쇼의 전언을 떠올려 보면 시는 형이상학이나 진리와 무관할 뿐 아니라 이 세계로부터 추방된 영역 너머에 존재한다. 이 테제는 사제의 음성으로 청계천을 쏘다니고 인왕에서 제를 올리며 죽은 아이들을 애도하고 물고기와 새로 존재 변이를 반복하는 김선미 시의 난해성을 이해하도록 돕는다. 시의 환상성은 복제와 변형, 사람과 귀신, 섭생과 살생이 한데 뒤엉켜 있는 가운데 만개하며, 그로테스크한 내러티브는 사제의 페르소나를 쓰고 공포스럽고 영험한 굿판처럼 전개된다. 태어나기도 전에 자궁에서 지워지는 아이들의 구멍, 머리나 팔다리가 없는 채 뚫린 몸통으로만 남은 토르소의 구멍, 고목이나 태양이나 해골바위마다 돌을 쌓아 놓는 사람들의 구멍까지, 시집에서는 구멍들을 차례로 순례하며 결코 진리로 환원되지 않는 바깥을 전도된 언어로 비춘다.

한때 우리 시단이 비현실적이고도 비윤리적으로 보이는 난제들을 실험하면서 바로 이 부정의 정신으로 공동체적 정의와 정치적 이데올로기를 넘어섰던 것을 상기해 본다. 시의 계보에서 육체의 왜곡, 문법의 유희, 근원의 파기와 같은 징후들은 새로운 시의 지평을 탈환하는 데 기여했다. 더 이상 싸움의 대상이 남아 있지 않은 세계 속에서 싸워 보지도 못하고 패배한 세대가 싸움의 프레임 자체를 신경 쓰지 않는 시대를 살아갈 때 시는 이 구멍을 어떻게 사유하고 영위할 것인가 하는 것이 이제부터 김선미가 감당해 나가야 할 싸움으로 보인다.

1. 청계천이라는 공간적 특수성과 구멍의 층위

시집 제1부의 시들은 거의 '청계천'을 배경으로 하고 있다. "청계천 가려고요 거기 뭐 있는데요", "맑은내다리 아치형 구조 다리", "청계천의 다리는 총 22개이고 좌우에 종로와 을지로를 거느리고 있"다는 청계천은 1990년대까지 헌책방, 골동품점, 잡화점, 노점상들이 즐비했다(「색은 그래서 색 옆에 있고」). 이 일대는 컴퓨터 기기들과 관련한 보고였고 음반이나 잡지 등을 취급하는 성지이기도 했다. 열대어 상가라고 불리던 동대문과 동묘 앞 구간에는 밀집한 수족관 사이에 조류원도 있었고 각종 특이 생물도 판매했다. 당시는 인터넷이 대중화되기 전이기에 청계천 일대는 각종 희귀물이나 불법물도 구할 수 있는 매트릭스였던 것이다.

청계천은 현실의 구체적 측면들을 시의 의미망 안으로

포섭한다. 청계천이 지닌 공간적 특수성은 한때 전성기를 누렸던 지역을 일상적으로 배회하는 '나'의 내면, 이를테면 과거의 유산을 기억하는 올드 패션의 감수성과, 반동과 유머를 지향하는 B급 정서와, 무목적의 목적성을 그대로 증거한다.

어제 산 블라우스를 입고 블라우스를 산 그 집 앞을 지나기는 매우 난처한 일이야
내가 홀딱 벗겨지는 것 같아 내 영혼이 걸려 있는 것 같아

블라우스를 보며 처음 먹은 마음과 커지는 마음과 잡아먹히는 마음

무슨 마음인지 알겠어?

쉽게 얻는 건 버리기도 쉽지 아니 이 말이 아니지
한 번이 어렵지 두 번은 어렵지 않아 이런 말도 아닌데 살인자처럼 굴 일은 아니잖아

블라우스는 부드럽고 피부에 닿아도 닿은 듯하지 않아 만지면 기분이 좋아 이것도 아니야

블라우스의 문제가 아니야

나는 무슨 말을 하고 싶은 건가 사랑? 지혜나 자비 자유 설마 그런 거

청계천에서?
청계천에서

똑같은 옷이 옆집에도 그 옆집에도 또 그 그 그 옆집에도 앞집의 옆집에도 걸려 있을 텐데

영혼이 다다다다다단 걸려 있을 텐데

오늘 중고 거래 플랫폼에서 성직자의 뼛조각을 천만 원에 판매한다는 기사가 떴다더니

—「어제 산 블라우스」 전문

"어제 산 블라우스를 입고 블라우스를 산 그 집 앞을 지나기"가 "매우 난처"하다는 '나'는 자신이 "홀딱 벗겨지는 것" 같고 자신의 "영혼이 걸려 있는 것" 같다고 느낀다. "부드럽고 피부에 닿아도 닿은 듯하지 않아 만지면 기분이 좋"은 블라우스는 단지 촉감이나 취향의 차원을 넘어 몸의 구성물이나 외피가 되어 버린다. 블라우스는 단지 의류로서의 물상이 아니라 자신의 영혼을 대신하는 어떤 이미지인 것이다. 그래서 블라우스를 보며 "잡아먹히는 마음"은 블라우스를 선택하고 구매하고 착용하는 주체가 블라우스의 영

향을 받고 압도되고 동질화되는 마음이다. "어제 산 블라우스를 입고 블라우스를 산 그 집 앞을 지나"지 않았을 혐의도 있는 '나'는 그저 그런 상황을 상상하는 것만으로도 "살인자처럼 굴"게 되며 "사랑? 지혜나 자비 자유 설마 그런 거"를 떠올리는 비약을 거듭하게 된다.

물화된 세계로서 청계천의 특성은 블라우스를 통해 예각화된다. 어딘가에서 만들어지고 팔리고 입히고 있을 똑같은 블라우스들에 대해, 자신과 같은 블라우스를 입었을 사람들과 자신의 구별 불가능성에 대해, 옆집과 그 옆집에도 "다다다다다닫" 걸려 있을 영혼들에 대해 '나'는 생각한다. 김대건 신부의 척추뼈가 중고 거래 사이트에 천만 원에 판매물로 등장하는 경악스러운 사건까지 상상은 가속화된다.

여기에는 무엇이든 눈에 보이는 것만 믿으려는 사람들, 고귀한 영혼에 대한 체화보다 유골까지 값으로 매기고 탐하는 사람들에 대한 비판과 반성이 있다. 이미지를 생산하고 소비하는 되풀이, 성직자의 뼛조각을 사고파는 되풀이, 복제하고 복제되는 되풀이, 이 되풀이의 패턴은 시집 전체를 돌고 돈다. 이와 같은 구멍의 존재론은 문명론적 맥락에서 기인한다. 청계천이 그 현상의 원주다.

> 달지 않을 거라 생각했는데 노랗잖아 씨가 없어서 그런가
>
> 여기 온 지 삼 년이 지나도 사람들은 내게 말을 걸지 않아 씨가 없어서 그런가

사람들은 저마다 씨를 뱉어 얼굴에 붙이고 다니는데

그래서 비슷한 사람들끼리 다니나 봐 수박씨를 붙이고 아이의 얼굴에도 엄마 아빠의 얼굴에도 비슷한 구조의 수박씨

골목은 다음 골목을 다음 골목은
그다음 골목을 거느리고 수족관과 새를 파는 골목과 신발 파는 골목과 나란히 완구 골목이 있거든

하루는 새를 사고 하루는 물고기를 사고 하루는 장난감을 사고 매일 그렇게 살다 죽을 수도 있겠구나
수박 덩굴처럼 갈래갈래 노랗게 피어나는 골목

—「색은 그래서 색 옆에 있고」 부분

'나'는 "여기 온 지 삼 년이 지나도 사람들은 내게 말을 걸지 않"는 이유를 "씨가 없어서" 그런 것이라고 짐작하고 있다. "아이의 얼굴에도 엄마 아빠의 얼굴에도 비슷한 구조의 수박씨"가 있는데 '나'에게는 없다. 혈연관계에서 갖는 박탈감과 공허감은 대인 관계에서의 이질감과 적대감으로 바뀐다. "담배꽁초 버리고 침도 뱉"는 물에서 레인부츠를 신으라는 타인의 권유도, "언니도 아닌데 언니라는 말을 듣"게 됐을 때 '언니'라는 호칭도, "이 동네에서 제일 싸가지 없는 사람"이라는 누군가의 원색적인 비난도, '나'는 불편하

고 피곤하다.

“새들은 셔터 문 안에서 온갖 소리를 지르고 있었”고 “신들의 휴일에는 사람들이 저렇게 어둠 속에서 싸우고 있을” 것이므로 ‘나’는 골목에서 첨벙거린다. 어차피 이곳이나 저곳이나 아수라다. “잠을 자도 잔 것 같지 않은” 날들은 돌고 돈다. “누가 나 좀 두드려 볼래?”라는 수박의 탄식과 절규는 이 세계가 지닌 동일성의 메커니즘과 인간소외로부터 나온다.

‘나’의 고유성이 없다면 ‘나’와 ‘너’의 구별은 무의미하고 이 동일성은 결국 대체 가능성으로 호환되므로 교환이나 반품 및 폐기도 용이해진다. 그래서 ‘나’는 ‘나’와 똑같은 복제품, 즉 ‘나’의 유전형질을 물려받은 자식을 구태여 생산하지 않는 것이라고 볼 수도 있다. 기술복제시대에 대량생산된 기성품에 대한 환멸도 유사한 맥락이다. 모두 같은 골목, 같은 제품, 같은 표정이다. 그것은 영혼의 무게마저 계량화한다.

골목을 돌고 도는 ‘나’는 “하루는 새를 사고 하루는 물고기를 사고 하루는 장난감을 사고 매일 그렇게 살다 죽을 수도 있겠구나”라고 생각한다. 물고기와 새의 이미지는 클라이맥스에 출현한다. 그것은 미지의 새롭고 긍정적인 의미다. 물고기와 새가 사람과 동일시되는 장면들은 지금 여기를 탈주하는 존재 변환의 순간들이다. 물고기와 새는 역시 청계천을 중심으로 발견되는데 예컨대 청계천은 “잉어들이 산란하고 뒤통수에 뿔 달린 새가 긴 다리로 서 있는 그곳”

으로 정의된다(「자유」).

그러므로 청계천은 잉여와 구식의 재화 집합소로서 인간마저 물화시키는 번잡스럽고 비루한 세계인 동시에 "물이 넘칠 때 새끼들을 데리고 다 어디로 갔다가 오는지" "비가 많이 오면" "비가 오지 않으면" 가고 싶은 위안과 피안의 세계다(「자유」). 시에서 청계천이라는 공간은 상업 구역과 자연 구역의 대립적 양상을 띠는 구멍인 것이다.

2. 불모의 상상력과 구멍들

시집 곳곳에는 불모의 상상력을 드러내는 구멍들이 있다. 태어나기도 전에 지워진 아이들이 있던 자궁, 몸통만 남아 구멍이 숭숭 뚫린 토르소, 동그랗게 소원을 비는 제단의 돌이 그것이다. 특히 가장 먼저 언급할 생물학적 차원에서 유산의 모티프는 아이들의 유기, 실종, 죽음으로 나아가며 사회적 알레고리로 확장된다. 불가피한 사고보다 고의적인 테러로 읽히는 이 행위는 죄의식으로 침잠되었다가 청계천이 상징하는 물, 자궁의 상징, 생명체로서의 물고기, 물의 공간을 자유롭게 넘나드는 새로 존재의 변환을 거치며 의식의 표면에 떠오른다.

> 어떤 아주머니가 내게 준 커다란 물고기 산 깊은 청정 지역에 사는 귀한
>
> 거북선 모양의 커다란 악어 같은 것이 달려듭니다
>
> 그 입에서 빠져나간 물고기

하늘을 날다가 개천으로 내려갔다

환경보호 운동하는 사람이 쳐다보고 있어서 내어주었습니다

지워진 아이는 물고기였습니다

안에 있다가 밖에 있다가 지워지기도 하는데

조금의 거리를 두고 건너편으로 갔습니다 어디든 들어가기 위해 튕겨 나갔습니다

핏기가 가시지 않은 고기

첫아이도 먹고 둘째 아이는 잘게 찢어서 먹고

소고기를 먹습니다

울었지만

깨어나 보니 아이가 옆에 있습니다

—「향후항공우주개발중점방향」 부분

"어떤 아주머니가 내게 준 커다란 물고기"는 태몽이기도 하고, 아이를 부르는 다른 이름이기도 하고, 아이를 가진 이가 먹은 보양식이기도 하다. 그러나 어떤 것도 실제의 무엇을 지칭하지는 않는다. 그것은 그저 "산 깊은 청정 지역에 사는 귀한" 물고기로서 현실 너머에 있는 존재이기 때문이다. 다만 "달려"들고 "입에서 빠져나"가고 "하늘을 날다가 개천으로 내려"가고 "내어주"고만 이 심상치 않은 과정을 통해 존재의 유실을 미루어 짐작할 수 있을 뿐이다.

"지워진 아이는 물고기였습니다"라는 고백에서 구멍은 안과 밖, 이편과 저편, 들어가고 나가는 대립항을 갖는다.

건물에 들어가기 위해 건물과 건물 사이에는 거리가 있듯이, 지구를 비춰 보기 위해서는 지구 밖으로 나가야 하듯이, '나'는 새로운 무언가를 품기 위해 아이를 지웠다고 믿는다. 그러나 정말로 그렇게 믿는 것은 아니다. "악수를 하는 장면이 되풀이되는 걸 보면 잘됐다는 신호일 것입니다"라는 말은 편리한 방임일 뿐이다. "향후우주개발중점방향의 자막"이 지나가도 '나'는 둘 곳 없는 시선을 그것에 의탁할 뿐이다.

"핏기가 가시지 않은 고기"는 개천으로 간 물고기이기도 하고, 아직 핏덩어리였던 지워진 아이이기도 하고, 미역국에 들어간 소고기이기도 하다. 아이를 떠나보낸 사건은 차마 있는 그대로 기억하거나 기술할 수 없는 고통이기에 왜곡되고 변형된다. 그러나 고기를 먹고 울고 깨어난 뒤에도 "아이가 옆에 있"다는 것은 부러 오독을 유발하는 모호한 진술 방식이나 판타지로의 전환에도 불구하고 현실에 남겨진 죄의식을 보여 준다.

> 파란 사과를 먹으면
> 입이 파래질
> 사과를 먹으며 나는 아기집을 묶었다 그리고 아기가 될 뻔한 많은 것들이 내 안에서
> 흘러내렸다 유미 지은이 쥐눈이콩 토성 후투티 바오밥 자유 에티카 같은

이름이 빼곡하게 박혀 있는 납작한 돌이나 신문을 보면
흘러내린 나의 나라들이 생각나

획을 하나씩 넣어도 빼먹어도 아무 이상 없어 보이는 평화로운 나의 나라
기자도 기지도 군대도 없는

—「묶음, 묶음」 부분

"부스러기들 틈에서 반쯤 파헤쳐져 있을 사람들"은 전쟁, 재난, 기아 등에 의해 삶을 위협받는 사회적 약자들을 포괄적으로 지칭한다. 지구 한편에서는 "dum(b) dum(b)" 댄스가 유행하고 있지만 지구 반대편에서는 "bom(b) bom(b)" 폭탄이 떨어지고 있다. '나'는 "파헤쳐진 장면을 보면 왜 천국이 떠오르는지" 생각하고 "한 번도 들은 적 없는 괄호 속의 소리들"을 생각한다. 울면서 깨어났을 때 지운 아이가 옆에 있는 아이러니한 상황처럼 '없음'에서 '있음'을 상기하고 '있음'에서 '없음'을 견인하는 구멍의 기제는 여기에서도 동일하게 작동한다.

"나는 아기집을 묶었다 그리고 아기가 될 뻔한 많은 것들이 내 안에서/흘러내렸다 유미 지은이 쥐눈이콩 토성 후투티 바오밥 자유 에티카 같은" 생명의 기원으로서 '자궁'은 수술로 손상된다. 이 불모의 상상력은 생물학적 차원에서 사회적 이슈로 확대된다. 수정과 착상에서 출산의 단계까지 도달하지 못하고 바로 태내의 죽음으로 귀결되고 마

는 이 죽음의 행렬은 인간의 존엄성이 부정되는 인위적 폭력에 대해 책임을 묻고 있다.

"파스테르나크는 푸시킨의 사망일에 태어났습니다 톨스토이 『부활』 삽화 화가와 피아니스트 사이에/나는 12.12 군사 반란일에 무일푼의 부모 밑에 태어났다/찔끔 삐져나올 때 누군가 볼까 봐 다시 나오지 못하게 집어넣으려 했을지도 모른다/나는 주먹을 쥐고 힘차게 울었을 것이다"라는 진술 역시 주목할 필요가 있다(「화창한 겨울날에」). 잉태 후의 과정에서 맞닥뜨리게 되는 부당한 가해와 위협은 '나'의 경우에도 예외는 아니다. 탄생을 위한 진통이나 성장 대신 사디즘적 학대와 이물질을 제거하는 것에 불과한 살인 과정만이 전시될 뿐이다.

> 조카가 죽었다는데 화장터 가기 싫어 안 갔어 손톱의 각질을 벗겨 내고 있었어
> 며칠 동안 고기를 먹었더니
> 머리카락에 윤기가 나고 손톱이 길어지고 있어
> 관 속에서도 자란다는 게 이런 거라니 다른 것이었다면 좋았겠지만 특별히 생각나는 것도 없어
> 널 보내는 내 방식이라 생각해
>
> —「인왕 9—멜랑콜리」 부분

'나'는 조카가 죽었다는데 화장터에도 "가기 싫어" 가지 않고 "손톱의 각질을 벗"기고 며칠간 "고기를 먹"는다. 머리

카락과 손톱이 윤기 나게 재생되도록 하는 것이 “널 보내는 내 방식”이라고 여기는 이 이상한 애도의 방식에는 죽음에 대한 타나토스적 욕망이 숨어 있다. 이는 번쩍이는 도시의 농약사에 진열된 “농기구나 농약이/이상하고 아름”답다고 느끼는 ‘나’의 취향에서도 드러난다. 죽음으로 점철된 이 세계에서 아이들은 태어나기도 전에 지워지거나, 죽거나, 사라진다. ‘없음’에 ‘없음’만이 더해지는 수식이다.

1

사람들로 둘러싸여 있는

토르소

울끈불끈한 근육과 갈비뼈가 드러나 있다

몸을 살짝 튼

어깨 위는 없다 목도 없고 얼굴도

팔도 없는, 바티칸

식스팩의 남자

무릎 아래 발가락도 없고 있는 것이라고는

늘어진 성기와 고환과

구멍 몇 개 뚫려 있는 몸

그것이 남자로 보여

어디로도 가지 못하고 서 있다

누구는 만들어지기 전이라 했고

누구는 다 만들어진 것이라 했다 누구는 올 것이라 했고

누구는 이미 왔다고
피 터지게 싸운다는데

2

나는 피도 없고
눈물도 없고

있는 것이라고는 한여름
덜덜거리는 냉장고와 선풍기를 달래는 것뿐인데

섬유탈취제를 뿌리며

내 팔 다리 머리 다 붙어 있다고 믿는 것뿐인데

—「월요일 3-1」 전문

토르소는 이탈리어로 '몸통'이라는 뜻에서 유래했다. 고대 그리스나 로마의 유적지에 남은 조각상들은 토르소의 형태를 갖고 있다. "어깨 위는 없"는, "목도 없고 얼굴도/팔도 없는", "무릎 아래 발가락도 없"는 이 문제적 신체의 일부에 대해서 "누구는 만들어지기 전"의 것이라 하고 "누구는 다 만들어진 것"이라고 한다. 돌출된 팔이나 머리 부위는 파손되거나 분실되기도 했겠지만, 당시의 공정이 몸통만 미리 만들어 두고 주문이 들어오면 거기에 맞춰 머리와 팔을 만드는 방식이었다는 점을 복기해 본다면 토르소는 불완전한 신체의 일부분 그 자체로 미학적이었던 것이다. 토르소는 미완성의 조각이 아니라 근육이나 살의 형태와 질감만을 극적으로 부각되도록 해 인체를 독자적이고 예술적인 형태로 고안한 작품 형식이다.

> 사백 자 원고지 위에 구운 귤을 올려놓는다 칸이 칸을 물고 또 칸이 칸을 물고 그 칸 위에 귤이 놓여 있다 한 칸에 한 글자씩 나는 그게 안 돼 귤을 원고지 위에 굴린다 귤이 칸을 지나 다음 칸으로 다시 앞 칸으로 나는 칸이 많은 학교에 간다 성냥공장이었던 곳, 하얀 석고상들이 복도에 길게 늘어서 있다 팔다리가 없거나 머리가 없는 그 사이를 오후 내내 걸어다닌다 한 신체에 한 영혼 나는 그게 안 돼 그래서 안심한다 성냥공장에 다니던 사람들은 한 칸 한 칸 성냥을 채우며 또 불꽃이 불꽃을 물기를 기다렸을까 길고 아름다운 손가락을 키워 갔을까 칸칸이 창문에서 내다보던 학생들은 어느 순간 사라진다 까맣게 탄 껍질을 까니 귤에서 영혼 냄새가 난다 줄줄이 칸을 매달고 달리는 열차에서도 그랬다
>
> —「귤」 전문

사백 자 원고지 칸이, 칸이 많은 성냥공장이었던 학교로, 칸을 매달고 달리는 열차로 바뀌는 이 공간의 이동은 '있음'과 '없음'을 가로지른다. "한 칸에 한 글자씩" "한 신체에 한 영혼"을 기입해야 하지만 '나'는 있어야 할 "팔다리가 없거

나 머리가 없는" 석고상들 사이를 걸어 다닐 때 창문에서 사라지는 학생들을 목도하고 영혼 냄새를 맡게 된다. 칸에 맞지 않아 삐져나오고 삐걱거리는 '나'는 세계와 불화하며 '있음'에서 '없음'을 보고 '없음'에서 '있음'을 본다.

"구두끈과 운동화 끈이 못에 목매단 듯 일렬로 걸려 있"는 집 안에서 "거래처 장부와 전화기 세 대 팩시밀리 프린터 티비용 컴퓨터"…… 같은 잡동사니들을 나열할 때 '나'는 일상 안에 깊숙이 들어와 있는 비일상적 존재들을 영접한다. "내 것인 듯 아닌 듯 처처에 쌓인 귀신들"을 환대한다.(「색은 그래서 색 옆에 있고」)

"천정에 구멍을 내고 하늘을 닮고 싶어 했"던 사람들은 그것을 사랑이라 믿었다. '내'가 보고 있는 것은 하늘도 아니고 땅도 아닌 그 사이에 뚫린 텅 빈 구멍이다. 구멍은 "높은 곳으로 어두운 곳으로도/깊은 잠 속으로/문장 속 행간으로도" 움직여 간다(「Dom」). 시적 주체는 온전한 몸을 잃고 불완전한 토르소의 형태로 타자들의 음성을 전하는 고행을 통해 있지만 없는 존재, 유한하지만 무한한 존재, 그래서 무엇으로도 규정되지 않는 존재가 된다. 자신의 고유성을 상실했다는 점에서 몸의 일부 기관이 없는 형태로 등장하지만 역으로 타자들의 있음을 대리한다는 점에서 시인의 사명을 구현하게 되는 것이다. 인체의 구멍은 인간적 불완전성을 보여 주는 결점의 기호이기도 하지만 그 구멍이 있어야 주체 외부와 조우할 수 있다는 점에서 이 '없음'이야말로 '있음'을 가능케 하는 수행적인 사건으로 존재한다.

3. 인왕, 사제로서의 아이덴티티

"입안에서 뼈를 하나씩 뽑아내며" "내용물을 버리기에 알맞은 모습으로 있"다고 여기는 '나'는 구멍으로 존재한다. 봉분이 커다란 왕세자의 묘에서 반사되는 햇빛과 바람 속에는 귀신들이 창궐한다. '있음'을 환기하는 '없음' 속에서 '나'는 무슨 내용물로 섰는지 곰곰 생각해 보는 것인데 그 자세는 마치 '없음'을 부상시키는 공집합의 기표와 같다. "어디에든 귀신은 있고/귀신을 모아 둔 곳도 있는" 이곳에서 '나'의 관심은 이미 지나가 버린 것이거나, 아직 오지 않은 것이거나, 없는 것에 있다.(「고고학」)

"아득히 먼 옛날로부터 뭔가가 들이닥치기 시작하면 입술을 더 빨리 달싹여야 하"므로 "커다란 북과 작은 북과 장구와 편경 편종 나팔 소리 앞세워 제단 앞으로" 나아가 "빙글빙글 돌며 길게 뻗은 팔을 휘두르며 더 빠르게 돌고 돌아"야 한다(「인왕 4」). 설령 이 세계에 아무것도 없을지라도 계속 있다고 믿는 것. "피도 없고/눈물도 없고" "내 팔 다리 머리 다 붙어 있다고 믿는 것뿐"이다(「월요일 3-1」).

인왕은 연옥 어디쯤인 것 같다
나는 그 밑자락에 살고 있어
비 오는 날은 어디선가 굿하는 소리가 들려오기도 해
살아 있는 사람들의 기도가 필요한

떠돌다 올라타게 되는 버스 같은 것

영혼 같은 것

보이지 않는다고 없는 건 아니다
어깨가 무거운 사람들아
네 위에 올라탄 영혼의
버스 요금을 대신 내주렴

불 켜진 전광판으로 몰려드는
살아 있는 것들 어쩌면 살아 있지 않은
환하게 웃고 있는 배우의 맨살에 앉은
하루살이들

눌러 죽이는 내 손가락을 내가 쳐다본다
도망가자
어디로든 가자 해 놓고
나는 십 년째 피 묻은
선풍기로
바위산에 꽂힌 깃발로
빨갛게

—「인왕 1」 부분

카톨릭 교리에 의하면 모든 이는 하나님의 은총과 사랑 안에서 죽는다. 그러나 살아 있는 동안 지은 죄 때문에 구원에 들기 전에 반성의 과정을 거쳐야 한다. 이는 단죄받는 이들이 끓는 유황불에서 영원한 벌을 받는 개념과 다르다. 연옥은 오히려 인간이 내적 수행을 겪는 승화의 과정이다. 한자어 '연옥(煉獄)'의 '獄(감옥 옥)' 자 때문에 일반적으로 사후 세계의 장소로 인식되지만 연옥을 가리키는 라틴어 'Purgatorium'은 '정화'라는 뜻을 지녔으므로 엄밀하게 말하면 연옥은 장소가 아니라 사건이다.

무려 11편의 연작시이자 표제시인 '인왕'은 "연옥 어디쯤"에 속해 있고 '나'는 그 밑자락에 살고 있다. 그곳은 비가 오면 "곳하는 소리가 들려오"는 곳이고 "기도가 필요한" 곳이다. 성과 속의 중간 지대에 인왕은 있다. 바람과 바람 사이에, 비명과 비명 사이에, 인왕이 있다. "떠돌다 올라타게 되는 버스 같은" "영혼 같은" "살아 있는" "어쩌면 살아 있지 않은" 문장들을 받아 적으면서 '나'는 거스를 수 없는 임무를 깨닫는다. 그것은 일종의 제의이자 대속의 의미를 갖는다.

세상의 울음을 받아 적는 사제가 된 '나'는 팔아먹을 것은 제 자신밖에 없다는 사실을 순순히 인정한다. "뭐든 팔아야 하니까" 시인은 땅과 하늘 사이에서 "기도 대신" "매일 새로운 문장을 하나씩 써 붙"인다. '나'는 보이지 않는 것에 붙들리고 들리지 않는 것을 듣는 천형을 수행해 가면서 사람과 귀신 사이를, 말과 침묵 사이를, 죄와 죽음 사이를 오간다. "재"인지 "뼛가루"인지 구별할 수 없고, "하얗지도 검지도 않은", "낮과 밤 사이 어느 곳"에서 "엎질러"진 사람이 되어 "눈 두 개 코 하나 입 하나 아무렇게나 떨어"진 사람이 되어 '나'는 간다(「인왕 3」). "나비로 벌로 하루살이로도 변해" 간다. "만지지도 못하는 너를 바짝 마른 너를 살살 달래 가며/몸을 섞고/아침이면 부서진 너를 추슬러 손을 잡고 길을" 간다.(「인왕 6—앙케혼수」)

몸 파는 여자의 동그란 의자 위에는 구더기가 끓고, 바위산에 꽂힌 피 묻은 깃발은 흔들리고, 문장에서는 향냄새가 난다. 그 무수한 걸음이 지나는 곳에는 구차하며 악취 나는 생의 뒷면, 그래서 숭고하고 애틋한 생의 면면들이 있다. '나'는 구더기가 구더기를 기어오르는 허공, 살아 있는 것들과 살아 있지 않은 것들의 고통, 하루살이를 눌러 죽이는 손가락과 손가락의 압력 사이를 온몸으로 횡단한다. '나'에게 중요한 것은 "보이지 않는다고 없는 건 아니다"라는 명제다. '나'는 보이는 것에서 보이지 않는 것을 보고 보이지 않는 것에서 보고 있다.

> 구멍만 있으면 사람들은 왜 돌을 던져 놓거나 쌓는지 모르겠어 고목에도 태양에도 해골바위에도
> 기도발을 세우기에는 어둡고 거칠고 공허한데
>
> 희한한 건 그런 돌들이 어디에나 있다는 거지
> 쌓기 좋고 던지기 좋고 걷어차이고 굴러떨어지기 좋은
> 가벼운 마음으로 물고기나 새가 되어도 무방한
> 색깔과 모양으로

물고기를 닮은 여자가 돌다 간 골목길을 따라 들어갔다
가 너를 만나게 돼도
놀라지 않을 자신이 있어
데려와 살 자신 있어

—「인왕 5—나의 시」 부분

“온갖 뿌리를 겪어 온 땅”과 “별의 생성과 죽음을 겪는 하늘”을 위해(「인왕 4」) ‘나’는 “시를 쓰는 사람이 되었”다. 시를 쓴다는 것은 사람들이 돌을 던지거나 쌓는 어둡고 공허한 ‘구멍’이 유독 커다랗게 보이는 것이다. “쌓기 좋고 던지기 좋고 걷어차이고 굴러떨어지기 좋은” “물고기나 새가 되어도 무방한/색깔과 모양으로” ‘나’는 기꺼이 구천을 떠돈다. “너의 늑골 아래서/나의 생을 파먹는 나의 손톱/밑의 살점들/빨아 먹고 핥아 먹고/핥아 먹고 빨아 먹다/팔이 빠지고 목이 빠지고/발이 어깨가 마음이 나동그라지”며 ‘너’를 위해 남김없이 ‘나’를 바치는 이 가없는 구멍(「오늘 이 거리에 핀 벚꽃들은 모형 같아」).

“엄마도 아닌 게 엄마 같아서/다가가는 방법도 모르겠고 못 쓰는 팔다리는//지워진 역사의 어떤 부분 같”다. “다쳐도 다친 줄 모르는//엄마는 참 별루”고 “만지지도 못하고 꾹꾹 눌러 보다//있지도 않고 없지도 않은 내가 떠”오른다.(「사상」) ‘엄마’도 ‘나’도 믿을 수 없는 어린아이로서는 “나를 증명할 방법이 없”고(「가방을 바꿔 들고나왔어」) 세계 또한 “생각보다/단단하지/않다 신념처럼/밟으면/무너진다”(「국가수사본부」). 이것은 '나'를 거부하는 엄마의 자궁이다. 아무렇게나 걷어차이는 시커먼 제단의 구멍이다. 머리통과 사지가 애초부터 만들어진 적 없었던 토르소다. "도깨비나 팔이 부러진 신"과 같은 이 변이와 장애와 결핍은 필연적으로 "그게 삶의 전부인 줄 알았거든 불러들이는 것, 물이든 불이든 천사든" "그게 뭐든 지켜야 하니까"라고 하는 사제 되기의 수순을 밟는다(「인왕 11—물집」).

4. 순례의 시학을 위하여

블랑쇼는 예술이 형이상학적 진리에 귀속된다고 믿었던 특권 의식 대신 작품은 언제나 진리라는 것을 철회하고 벗어나야 한다고 역설한다. 이 필사적인 탈주로부터 성취한 바깥은 김선미에게서 함부로 빠지기 좋은 캄캄하고 흔해빠진 '구멍'으로 나타난다. 그곳은 삶의 가장 끝자리까지 밀려나 천대받으면서도 그 모순과 붕괴의 구덩이 속에서 기거하는 사제의 자리이다. 시인은 존재론적 변환을 꾀하여 타자의 고통을 기록하고 진리로 환원되지 않는 세계가 여기에 있음을 이야기한다. 존재의 구멍을 문학적 코드로 바꾸어 세계를 현현해 내는 시인의 작업은 꽃밭처럼 환하다. "끝물에서 놀다 보면/안 보이던 것들이 보"이기 때문이다. "신이 계단에 있으시"면 "계단은 신이 있는 곳"이 되기 때문이다.(「끝물에서 놀다 보면」)

김선미의 시에서 육신은 자주 사라지고 지워진다. 그러나 역설적으로 이 변신과 무화를 통해서만 이야기를 전할 수 있게 된다. 시의 주체를 사제의 역할로 은유한 시인은 존재를 소거함으로써 도리어 가장 가공할 존재가 도래하도록 기획했다. 시가 특정한 의미로 해석되지 않을 때 증폭성 자체로 의의를 갖게 되듯이 사제 역시 없음 즉 구멍으로 계시되는 찰나를 전할 때마다 거기 있게 되는 것이다. 김선미의 시는 로고스 대신 파토스를 불러들이고 저 바깥의 이야기를 들려줌으로써 바로 여기에 놓인 구멍들 그 깊고 어두운 인간의 심연을 순례한다.